तीन साल

उपन्यास

तीन साल

एन्तोन चेखव

अनुवाद
मार्कण्डेय

राजकमल प्रकाशन

ISBN : 978-81-267-0006-6

मूल्य : ₹150

पहला संस्करण : 1977
चौथा संस्करण : 2018

प्रकाशक : राजकमल प्रकाशन प्रा. लि.
1-बी, नेताजी सुभाष मार्ग, दरियागंज
नई दिल्ली-110 002

शाखाएँ : अशोक राजपथ, साइंस कॉलेज के सामने, पटना-800 006
पहली मंजिल, दरबारी बिल्डिंग, महात्मा गांधी मार्ग, इलाहाबाद-211 001
36 ए, शेक्सपियर सरणी, कोलकाता-700 017

वेबसाइट : www.rajkamalprakashan.com
ई-मेल : info@rajkamalprakashan.com

मुद्रक : बी.के. ऑफसेट
नवीन शाहदरा, दिल्ली-110 032

TEEN SAAL
Novel by Anton Chekhov
Translated by Markandey

एक

सुनसान अँधेरा था, सिर्फ कहीं-कहीं खिड़कियों से रोशनी आ रही थी और पीला चाँद सड़क के दूसरे छोर के बैरकों के पीछे से उठ रहा था। लेपतेव अपने घर के सामने एक बेंच पर बैठा पीतर और पाल के चर्च की सायंकालीन प्रार्थना के खत्म होने का इन्तज़ार कर रहा था। उसे आशा थी कि यूलिया सरजीविना चर्च से घर जाते हुए इसी रास्ते से लौटेगी, वह उससे कुछ ज़रूर कहेगा और सम्भव है, वह आज की सारी शाम उसके साथ बिता सके।

उसे इन्तज़ार करते हुए एक घण्टे से ज़्यादा हो चुका था। इस बीच उसका ध्यान अपने मास्को के फ्लैट की ओर बहक गया था—याद आ रहे थे उसके मास्को के दोस्त, उसका नौकर प्योत्र और वह डेस्क, जिस पर बैठकर वह काम किया करता था। उसने अँधेरे में घूरकर देखा—सामने थे चुपचाप खड़े वृक्ष, और वह सोचने लगा कि यह सब कितना अजीब है कि सोकोलिन्दी में एक गँवई मकान किराये पर लेने के बजाय वह इस प्रान्तीय कस्बे में आ बसा है, जहाँ सुबह-शाम चरवाहे की सीटी के बजते ही जानवर दौड़-दौड़कर गर्द के बादल उड़ाते रहते हैं।

फिर उसका खयाल उन कभी न समाप्त होनेवाली बहसों की ओर चला गया, जो वह मास्को में अपने दोस्तों के साथ किया करता था। और बहसें भी क्या—प्रेम के बगैर जीवन बिलकुल सम्भव है। प्रेम एक मानसिक बीमारी है। प्रेम जैसी किसी वस्तु का कोई अस्तित्व नहीं

है और शारीरिक आकर्षण ही मुख्य है, आदि। लेकिन अगर आज उससे कोई प्यार के बारे में पूछे—वह गहरी उदासी के साथ सोचने लगा, तो उसके लिए यह समझ पाना मुश्किल है कि वह क्या कहेगा।

इसी बीच प्रार्थना समाप्त हो गयी और चर्च से भीड़ उमड़ पड़ी। लेपतेव उस अँधेरे में सड़क पर चलनेवाली स्याह आकृतियों को गहरी नज़र से देखने लगा। बिशप अपनी गाड़ी में पहले ही जा चुका था और उसकी घण्टियों की आवाज़ डूब चुकी थी। चर्च के त्योहार के कारण घण्टियोंवाली मीनार पर जलनेवाली हरी और लाल बत्तियाँ भी एक-एक करके बुझ गयी थीं, लेकिन सड़कें अब भी आदमियों से भरी हुई थीं, जिनमें से कुछ मकानों की खिड़कियों के नीचे रुककर बातें कर रहे थे या धीरे-धीरे चले जा रहे थे। आखिर लेपतेव ने एक परिचित आवाज़ सुनी और उसका दिल तेज़ी से धड़कने लगा। लेकिन यूलिया सरजीविना अकेली नहीं थी, उसके साथ दो अन्य महिलाएँ भी थीं।

वह बड़ी ही नाउम्मीदी के स्वर में फुसफुसाया, "उफ्,···यह तो··· यह तो बहुत बुरी बात है!"

सड़क के किनारे जाकर अपनी सहेलियों से विदा लेने के लिए वह रुकी ही थी कि आँखें उठाते ही लेपतेव पर उसकी नज़र पड़ी।

"मैं अभी आपके पिताजी से मिलने जा रहा था," उसने कहा, "वह घर पर मिलेंगे क्या?"

"मैं उम्मीद तो करती हूँ," उसने उत्तर दिया, "अभी क्लब के समय में काफी देर है।"

सड़कों के दोनों ओर बाग लगे थे। चाँदनी में किनारे की झाड़ियाँ और दरवाज़े दूसरे किनारे के ऊँचे-ऊँचे नीबू के पेड़ों की परछाइयों में गहरे दूर तक धँसे हुए-से लगते थे। अँधेरे में औरतों की धीमी बातचीत, हँसी और हकलाहट का आभास हो रहा था। इन आवाज़ों के साथ ही नीबू के फूलों और घास की गन्ध ने उसके मन में एक जोश-सा भर दिया था। वह यूलिया की कमर में हाथ डालकर, उसके चेहरे, कन्धे और हाथों को चुम्बनों से भर देना चाहता था। उसके पैरों पर गिरकर रोते हुए कहना चाहता था कि कितने दिनों से वह उसका इन्तज़ार करता

रहा है, लेकिन यूलिया से उसे एक भ्रामक क्रोध की महक मिली। उसे याद हो आया कि वह भी एक समय था, जब वह ईश्वर में विश्वास करता था, प्रार्थनाओं में जाया करता था और कितनी कामना थी उसके मन में पवित्र और कवित्वपूर्ण प्यार के लिए! और चूंकि वह इस बात को जानता था कि यूलिया उसे प्यार नहीं करती, इसलिए वह आनन्द, जिसका सपना उसने कभी देखा था, उसे कभी भी प्राप्त नहीं हो सकता था।

यूलिया उसकी बहन नीना फ़्योदोरोव्ना की बीमारी को लेकर बहुत सहानुभूति से बात करती थी। दो महीने पहले नीना का कैंसर का आपरेशन हुआ था और अब सभी को बीमारी के फिर से लौट आने की आशंका थी।

"आज सुबह ही मैं उन्हें देखने गयी थी," यूलिया ने कहा, "मैं सोचती हूँ कि कुछ तबदीली ज़रूर आ रही है···वह पहले सप्ताह की तरह दुबली नहीं हैं, सिर्फ कुछ मुरझाई हुई-सी ज़रूर लग रही थीं।"

"हाँ," लेपतेव ने कहा, "सही माने में बीमारी की वापसी नहीं है, लेकिन मुझे यह लगता है कि वह रोज़ दुबली होती जा रही है। मैं तो समझ ही नहीं पाता कि उसके साथ क्या गड़बड़ी है।"

"वह कितनी मोटी, स्वस्थ और गुलाबी गालोंवाली थीं!" यूलिया कहते-कहते पल-भर को रुकी, "यहाँ सब लोग उन्हें मास्को की लड़की कहा करते थे···वह कैसी हँसती थीं! हर छुट्टी के दिन किसान लड़की की तरह कपड़े पहनती थीं और वे उन पर बहुत फबते थे।"

यूलिया का पिता डॉक्टर सरजी बोरिसिच घर ही पर था। उसका बदन मज़बूत और चेहरा लाल था। उसने एक लम्बा कोट पहन रखा था, जो उसके घुटने के नीचे तक पहुँचकर उसके कद के छोटा होने का आभास कराता था। इस समय वह अपनी आदत के अनुसार रु···रु···रु···की ध्वनि में गुनगुनाते हुए, जेबों में हाथ डाले अपने पढ़ने के कमरे में इधर-से-उधर टहल रहा था। उसकी दाढ़ी के भूरे बालों में कंघी नहीं की गयी थी और बाल भी गन्दे थे। ऐसा लगता था, जैसे अभी सोकर उठा हो। उसका पढ़ने का कमरा भी ऐसा ही था। सोफे पर गद्दियाँ

पड़ी थीं। अखबार कोने में फेंके हुए थे। यह सब ठीक वैसा ही अव्य-वस्थित लग रहा था, जैसे डॉक्टर स्वयं था।

"लेपतेव महोदय आपसे मिलना चाहते हैं," उसकी बेटी ने अध्य-यन-कक्ष में घुसते ही कहा।

रु···रु···रु···का स्वर निकालते हुए डॉक्टर अपनी बैठक में आ गया। "कहिए, क्या समाचार हैं ?" उसने लेपतेव से हाथ मिलाते हुए कहा।

बैठक में अँधेरा था। लेपतेव अपना हैट हाथ में लिये खड़ा था। इस तरह असमय आ जाने के लिए क्षमा माँगते हुए पूछने लगा कि उसकी बहन को रात में पूरी नींद आये, इसके लिए क्या किया जा सकता है और क्या कारण है कि वह इतनी कमज़ोर होती जा रही है। लेकिन यह सब कहते हुए उसे बेचैनी-सी महसूस हो रही थी कि वह इस समय भी वही सवाल डॉक्टर से क्यों पूछ रहा है, जो उसने डाक्टर के सुबह अपने घर आने पर पूछे थे।

"शायद हमें मास्को से कोई विशेषज्ञ बुलाना ही पड़े," उसने कहा, "आप क्या सोचते हैं ?"

डॉक्टर ने हलकी-सी आह भरी, अपने कन्धों को हिलाया और दोनों हाथों को फैला दिया।

यह साफ था कि वह चिढ़ गया था। कुल मिलाकर वह एक भावुक आदमी था; उसे हमेशा यह खयाल बना रहता था कि उस पर विश्वास नहीं किया जा रहा है, उसे उचित आदर-सम्मान नहीं मिल रहा है। उसका खयाल था कि उसके रोगी उसका शोषण करते हैं और सहयोगी उसके बारे में पीठ-पीछे बुरी बातें करते हैं। वह अपने ही ऊपर हँसकर कहा करता था कि उसके-जैसे लोग बेवकूफ बनाये ही जाते हैं।

यूलिया ने लैम्प जला दिया था। लेपतेव ने रोशनी में उसके पीले चेहरे और शिथिल अंगों से यह जान लिया कि वह चर्च की प्रार्थना में जाने के कारण थक गयी है और इस समय अकेली रहना चाहती है। वह

अपने हाथों को अपनी गोद में रखकर सोफ़े पर बैठ गयी थी। लेपतेव अपने बारे में जानता था कि वह सुन्दर नहीं है और इस समय शारीरिक रूप से वह इस सत्य के प्रति जागरूक हो उठा था। वह छोटे कद का साधारण बदनवाला आदमी था और उसकी खोपड़ी के बाल भी इतने कम हो गये थे कि कभी-कभी उसे ठण्ड लग जाया करती थी। उसके चेहरे में कोई भी ऐसा आकर्षण नहीं था, जो कभी-कभी सादे-से-सादे चेहरों को भी सुन्दर बना देता है। औरतों के सामने उसकी स्थिति अजीब-सी हो जाती थी। वह बहुत बातें करने लगता था और बेहूदा व्यवहार कर बैठता था। इस सब के लिए वह अब अपने ही को घृणा करने लगा था। उसे मालूम था कि यूलिया सरजीविना उसकी उपस्थिति के कारण ऊब रही है, इसलिए इस समय बात करना ज़रूरी है, लेकिन वह बात क्या हो ? फिर वही बहन की बीमारी !

वह दवाओं के बारे में बातें करने लगा। सारी सामान्य जानकारी व्यक्त कर लेने के बाद, उसने स्वास्थ्य की आवश्यकता पर ज़ोर दिया और बताया कि बहुत दिनों से मास्को में एक आवास-गृह बनाने की बात सोच रहा है और उसके लिए खर्च आदि का तख़मीना भी तैयार हो गया है और वह उसके बारे में विस्तार से बताने लगा।

यूलिया सरजीविना हमेशा की तरह उसकी मौजूदगी में खामोश बैठी थी। लेकिन कुछ अजीब तरह से, या यों कहें कि प्रेमी की स्वाभाविक वृत्तियों से ही शायद लेपतेव ने यूलिया के विचारों और इरादों का अन्दाज़ लगा लिया था कि अगर प्रार्थना के बाद भी वह अपने कमरे में कपड़े बदलने के लिए नहीं जा रही है, तो इसका मतलब यही है कि वह फिर बाहर ज़रूर जायेगी।

"मुझे इस योजना के बारे में कोई बहुत जल्दी नहीं है," वह आवेश के साथ डॉक्टर से कहता रहा, जो खाली-खाली आँखों से उसे देख रहा था और स्पष्टतः हैरान था कि इस समय दवा और स्वास्थ्य की बात क्यों चलायी गयी है। "...सम्भव है कि मुझे अभी खर्च के तख़मीने की ज़रूरत भी न पड़े। मुझे तो यही डर है कि कहीं मेरा आवास-गृह बहुत ज़्यादा धर्मात्मा लोगों अथवा कल्याणमना महिलाओं के हाथ में न पड़

जाये, जो हर अच्छे काम को नष्ट कर देती हैं !"

यूलिया सरजीविना उठी और हाथ बढ़ाते हुए कहने लगी, "मुझे क्षमा करें, मैं जा रही हूँ। कृपया अपनी बहन से मेरा अभिवादन कहें।"

डॉक्टर रु···रु···रु···के स्वर में गुनगुनाया, "रु···रु···रु···"

यूलिया सरजीविना बाहर चली गयी। उसके जाते ही लेपतेव ने भी डॉक्टर से छुट्टी ली और घर चला गया। वे सारे नीबू के पेड़, परछाइयाँ और बादल आदि प्रकृति की सारी सुन्दरता और आकर्षण उसे उस समय असार लगे, जैसे कि हर असन्तुष्ट और दुखी आदमी को लगते हैं। चाँद आकाश में ऊपर चढ़ गया था और बादल तेज़ी से उसके नीचे आते जा रहे थे। 'इस इलाक़े का चाँद कितना भद्दा है और ये बादल के टुकड़े कितने दयनीय !' वह सोचने लगा। उसे दवा और आवास-गृहवाली बात के लिए लज्जा का अनुभव हुआ। फिर यह सोचकर वह डर गया कि कल फिर यूलिया से मिलने और बात करने की कामना दबा नहीं सकेगा और कल फिर उसे निश्चय हो जायेगा कि यूलिया उसकी बिलकुल परवाह नहीं करती। कल के बाद परसों भी यही होगा। फिर इसका कब और कैसे अन्त होगा, उसे नहीं मालूम।

घर आते ही वह अपनी बहन के कमरे में गया।

देखने में नीना फ़्योदोरोव्ना अब भी काफी स्वस्थ थी। आँखें बन्द किये बिस्तर पर पीठ के बल लेटे रहने पर उसके चेहरे पर जो मृत्यु की-सी विवर्णता छायी रहती थी, उसे देखे बिना कोई उसे रोगी भी नहीं कह सकता था।

उसकी सबसे बड़ी दस-वर्षीय लड़की साशा उसके बिस्तर की बगल में बैठी स्कूल की किताब से कुछ ज़ोर-ज़ोर से पढ़ रही थी।

"अलेक्सी आ गया है," बीमार औरत ने फुसफुसाकर कहा।

पुराने मौन समझौते के अनुसार साशा और उसका मामा दोनों मरीज़ों के बिस्तर की ओर मुड़ गये। साशा ने अपनी पुस्तक बन्द की और बिना बोले चुपके से बाहर निकल गयी। लेपतेव ने शृंगार-मेज से एक ऐतिहासिक उपन्यास उठाया, बीच का पृष्ठ खोला और ज़ोर से पढ़कर सुनाने लगा।

नीना मास्को की रहनेवाली थी। वह और उसके दो भाई पातींत्स्काया स्ट्रीट पर अपने व्यापारी पिता के साथ बचपन बिता चुके थे। वह बहुत दिनों का और संरक्षण में बिताया हुआ बचपन था। पिता उनके साथ बहुत ही सख्त व्यवहार करता था और कई बार उन्हें कोड़े भी खाने पड़े थे। उनकी माँ एक लम्बी बीमारी से मर चुकी थी। घर में रूखे और धूर्त किस्म के नौकर काम करते थे और वहाँ आनेवाले पादरी और साधु भी इसी स्वभाव के होते थे। ये सब घर में खाने-पीने के लिए आते और उनके पिता की चापलूसी किया करते थे, लेकिन सब-के-सब उनके पिता से भीतर-ही-भीतर घृणा करते थे। बच्चे इतने भाग्यशाली थे कि उन्हें स्कूल जाने का मौका मिला, लेकिन नीना अशिक्षित ही रह गयी। वह बस किसी तरह लिखना-पढ़ना सीख सकी थी और ऐतिहासिक उपन्यास पढ़ा करती थी। सत्रह वर्ष पहले जब वह बाईस वर्ष की रही होगी, खिमकी में वह अपने मौजूदा पति से पहली बार मिली थी और वहीं दोनों का प्यार हो गया। अन्ततः नीना ने अपने पिता की इच्छाओं के विरुद्ध छिपे तौर से उससे शादी कर ली। वह बूढ़ा इस भूस्वामी को सड़क पर सीटियाँ बजाते अथवा लैम्प-पोस्ट के पास सिगरेट जलाते देखकर उसे लगभग अस्तित्वहीन ही समझता था। बाद को उसके दामाद ने दहेज़ माँगते हुए उसे कई पत्र लिखे। उसने अपनी बेटी को लिखा कि वह रोएँदार कोट, चाँदी के बरतन और वे दूसरे सामान, जो उसकी माँ के हैं और साथ ही ३०,००० रूबल भी भेज रहा है, लेकिन वह अपना आशीष उन्हें कभी नहीं दे सकता। कुछ दिनों के बाद बूढ़े ने बीस हज़ार रूबल और भेजे, लेकिन बहुत पहले ही यह सारा धन खत्म हो चुका था। मकान बिक गया और पेनोरोव अपने परिवार के साथ गुबरनियाँ (प्रान्तीय) सरकार में एक नौकरी करने यहाँ आ गया था। लेकिन यहाँ उसने एक और परिवार बना लिया, जिसकी बड़ी चर्चा थी, क्योंकि उसने इसे छिपाने का कोई भी प्रयत्न नहीं किया।

नीना अपने पति की श्रद्धा करती थी। इस समय ऐतिहासिक उपन्यास सुनते हुए वह सोच रही थी कि अगर उसकी जिन्दगी—जैसी वह अब तक

बीती है, कोई लिखे, तो कितनी कारुणिक होगी ! चूँकि कसर की रसौली उसकी छाती में थी, इसलिए उसे हमेशा यह खयाल बना रहता था कि यह बीमारी उसके असफल प्रेम के कारण ही है और रोने-कलपने और ईर्ष्या ने उसकी तन्दुरुस्ती छीन ली है।

लेपतेव ने पुस्तक बन्द कर दी। "शुक्र है, यह खत्म हो गयी," उसने कहा, "कल हम लोग नयी किताबें शुरू करेंगे।"

नीना फ़्योदोरोव्ना हँस पड़ी। वह हमेशा आसानी से हँस लेती है। लेकिन लेपतेव ने ध्यान से देखा कि कभी-कभी उसकी बीमारी उसकी हँसी को प्रभावित करने लगती है, क्योंकि वह बहुत ही मामूली चीज़ों पर, और प्रायः बिना किसी प्रसंग के हँसने लगती है।

"सुबह जब तुम बाहर गये थे, यूलिया यहीं थी," उसने कहा, "मेरा खयाल है कि उसे अपने पिता में कोई बहुत विश्वास नहीं है, क्योंकि वह कह रही थी, 'मेरे पिता की दवा तो होने ही दीजिए, लेकिन मेरी राय है कि आपको छिपे तौर से किसी साधु को भी दिखाना चाहिए, जिससे वह भी आपके लिए प्रार्थना करे।'···शहर में कोई बूढ़ा साधु है, क्या तुम उसे जानते हो ? यूलिया अपनी छतरी यहीं भूल गयी है। कल उसे ज़रूर दे आना।" वह तनिक रुककर फिर कहने लगी, "लेकिन जब अन्त आ ही गया हो, तो न डॉक्टर ही कुछ कर सकता है, और न साधु।"

"नीना, तुम रात सोयी क्यों नहीं ?" लेपतेव ने विषय को बदल देने के लिए धीरे से कहा।

"मैं नहीं जानती। शायद मैं सो ही नहीं सकती। मैं जागती रहती हूँ और सोचा करती हूँ···"

"मेरी प्यारी नीना, आखिर तुम किस चीज़ के बारे में सोचती हो ?"

"बच्चों के बारे में, तुम्हारे बारे में···अपनी जिन्दगी के बारे में। मैं एक बहुत भयंकर बीमारी से ग्रस्त हूँ अलेक्सी, और सोचती हूँ···हे ईश्वर !···" वह हँसने लगी, "मैंने पाँच बच्चों को जन्म दिया। उनमें से तीन को दफनाया। कुछ दिन बाद मैं एक बच्चे को फिर जन्म देनेवाली

हूँ और उस समय मेरे ग्रिगोरी निकोलोविच उस औरत के साथ बैठे होंगे और कोई दाई को बुलानेवाला भी नहीं होगा। मैं खुद रसोई या बड़े कमरे के बाहर जाऊँगी कि किसी नौकर को बुलाऊं, लेकिन वहाँ यहूदी दूकानदार बैठा, उनके घर लौटने का इन्तज़ार करता होगा···मेरा सिर चक्कर खाने लगेगा···वह मुझे प्यार नहीं करते, यद्यपि उन्होंने यह मुझसे कभी भी नहीं कहा। अब मैं इसकी बिलकुल परवाह नहीं करती, न इससे मुझे कोई चोट ही पहुँचती है। लेकिन जब मैं कम उम्र की थी—बहुत दुखी होती। मैंने एक बार उन्हें बाग में एक औरत के साथ देखा। उस समय हम देहात में रहते थे। मैं वहाँ से लौटकर चल पड़ी और बिना यह जाने कि मैं कहाँ जा रही हूँ, चलती रही, यहाँ तक कि मैं एक चर्च की सीढ़ियों पर पहुँच गयी। मैं वहाँ अपने घुटनों के बल गिर पड़ी और बिलखने लगी, 'हे पवित्र माता!' अँधेरा गाढ़ा हो गया था और चाँद चमकने लगा था।···"

वह साँस लेने के लिए रुकी। फिर कुछ देर आराम करने के बाद उसने अपने भाई का हाथ अपने हाथों में ले लिया।

"तुम कितने अच्छे हो अलेक्सी!" उसने एक अजीब-सी स्वरहीनता से कहा, "इतने चतुर···इतने भले!"

लेपतेव ने यूलिया की छतरी लेकर अपनी बहन का कमरा आधी रात को छोड़ा। इतनी रात बीतने पर भी उसने देखा कि नौकर रसोई में चाय पी रहे हैं। घर में कोई व्यवस्था नहीं रह गयी है—वह सोचने लगा। बच्चे अब भी जगे हुए थे और उनमें से कुछ रसोईघर में भी थे। सब-के-सब धीमी और बेचैन आवाज़ में बातें कर रहे थे। उन्हें इस बात का खयाल भी नहीं था कि एक टिमटिमाती हुई रोशनी गुल होनेवाली है। बच्चे और सयाने पहले से कई अपशकुनों के कारण बेचैन थे—हॉल में रखे हुए शीशे में दरार पड़ गयी थी। सेमोवार में से सी-सी की आवाज़ रोज़ ही निकलती थी और इस समय भी निकल रही थी। लोगों का कहना था कि नीना फ़्योदोरोव्ना के जूते से एक चूहा तब निकलकर भागा, जब कि वह उसमें

पैर डाल रही थी। यहाँ तक कि बच्चे भी इन अपशकुनों का नतीजा जानते थे। काले बालोंवाली सबसे बड़ी लड़की साशा मेज़ के पास डरी हुई खामोश और निराश बैठी थी। सात वर्ष की छोटे बालोंवाली लीदा अँगीठी की बगल में खड़ी थी।

लेपतेव नीचे अपने कमरे में चला गया। कमरा छोटा-सा, बिना हवा का और जिरेनियम के फूल की-सी गन्ध से भरा था। उसने नीना के पति को अपने कमरे में अखबार पढ़ते देखा। लेपतेव ने अपना सिर हिलाया और उसके सामने जा बैठा। दोनों खामोश बने रहे। वे सारी शाम इस तरह की खामोशी में बिता सकते थे।

छोटी बच्चियाँ रात्रि का नमस्कार कहने नीचे आयीं। पेनोरोव ने बिना कुछ कहे क्रास का संकेत किया और अपना हाथ चूमने के लिए बढ़ा दिया। वे विनीत हुईं और लेपतेव की ओर बढ़ गयीं। लेपतेव ने भी क्रास का संकेत किया और अपने हाथों पर उनका चुम्बन स्वीकार किया। यह प्रक्रिया हर शाम को इसी तरह दुहराई जाती थी।

जब छोटी बच्चियाँ चली गयीं तो पेनोरोव ने हाथ का अखबार एक ओर रखते हुए कहा, "दोस्त, यह ईश्वर-भीरु शहर इस क़दर उबाऊ होगा, यह मैं नहीं जानता था।" उसने सिर हिलाया, "लेकिन मुझे बड़ी ख़ुशी है कि तुम्हें मन लगाने के लिए एक साधन मिल गया।"

लेपतेव ने आश्चर्य से पूछा, "क्या कह रहे हो?"

"मैंने कल तुम्हें डॉक्टर बोरिसिच के घर से निकलते हुए देखा था। मुझे यकीन है कि तुम वहाँ डॉक्टर से मिलने तो नहीं गये थे।"

"इसमें कोई सन्देह नहीं," लेपतेव ने कहा।

"स्वाभाविक ही है। वह बूढ़ा तो एकदम खूसट है। तुम कल्पना भी नहीं कर सकते कि वह कितना गधा, गन्दा, अविश्वसनीय और उबाऊ आदमी है। राजधानी में रह चुके होने के कारण तुम लोग अब भी कसबाई लोगों की अच्छाई ही देखने के आदी हो। मैं तुम्हें विश्वास दिलाता हूँ, मेरे प्यारे, कि यहाँ कुछ भी आकर्षक नहीं है। यहाँ पिछड़ेपन, क्रूरता और गन्दगी के अलावा कुछ भी नहीं है। हम लोगों के ज्ञानार्जन और प्रतिभा को ही देखो, और इस शहर को देखो, जिसमें अट्ठाईस

डॉक्टर हैं, सबने बहुत पैसा कमा लिया है और अपने निजी मकानों में रहते हैं, लेकिन दवाइयों के मामले में लोग अब भी असहाय हैं। जब नीना का आपरेशन होना था—इस बात का ध्यान रखो कि वह एक बहुत मामूली आपरेशन था—तो भी हमें मास्को से एक सर्जन बुलाना पड़ा। यहाँ कोई भी ऐसा सर्जन नहीं था, जो इस काम को कर सकता। तुम कल्पना कर सकते हो कि इन्हें कुछ भी मालूम नहीं है, इनकी समझ में कुछ भी नहीं आता और इनकी रुचि किसी भी चीज़ में नहीं है। कोशिश करो और ज़रा इनसे पूछो कि कैन्सर क्या है, यह कैसे होता है ?"

फिर पेनोरोव कैन्सर के बारे में बताने लगा। वह विज्ञान की सभी शाखाओं का जानकार था और हर चीज़ का वैज्ञानिक विवरण दे सकता था, वह भी सब-का-सब अपना निजी ! रक्त-संचार पर उसके अपने सिद्धान्त थे, उसका अपना निजी रसायनशास्त्र था, अपना ज्योतिष था। वह धीरे-धीरे बड़ी सहजता के साथ बोलता था। "कल्पना करो !" कहते समय उसकी आँखें आधी खुली रह जाती थीं। वह अपनी बात को जमाते हुए धीरे-धीरे बोलता और सहसा मुस्करा पड़ता। साफ लगता था कि वह अपने पर ही मोहित है और अपनी पचास वर्ष की अवस्था का कोई एहसास उसे नहीं रह गया है।

"मैं बहुत भूखा हूँ," लेपतेव ने कहा, "कोई नशीला खाद्य काफी होगा इस समय।"

"अच्छी बात है। इसका इन्तज़ाम अभी हुआ जाता है।"

थोड़ी ही देर बाद लेपतेव और उसका जीजा—दोनों ऊपर के कमरे में खाने की मेज़ पर जा बैठे थे। लेपतेव ने वोदका का एक गिलास पिया और ऊपर से थोड़ी शराब भी ली। पेनोरोव ने कुछ भी नहीं लिया। वह न तो कभी पीता है, न ताश ही खेलता है। फिर भी उसने अपना और अपनी बीवी का सारा धन खर्च करके अपने को कर्ज़ में डाल लिया है। एक अजीबो-गरीब प्रतिभा के आदमी के लिए इन व्यसनों के अलावा भी धन खर्च करने के अनेक तरीके हैं। पेनोरोव को अच्छे खाने का शौक़ है। साथ ही उसे अच्छी तरह परसा जाना चाहिए। खाते समय मधुर

संगीत और भाषण आदि हो, तो वह एक ही बार में दस से लेकर पच्चीस रूबल तक केवल परसनेवालों को टिप देने में आनन्द पाता है। वह चन्दा देने और लाटरी में पैसा लगाने में कभी नहीं चूकता। अपनी स्त्री-मित्रों को उनके नामकरण-दिवस पर फूलों का उपहार भेजना वह कभी भी नहीं भूलता। प्याले, शीशेदान, टाइयाँ, बेंत, सुगन्धित वस्तुएँ, सिगरेट होल्डर, तोते, कुत्ते और जापानी निकनैक-जैसा सजावट की वस्तुएँ वह खरीदता ही रहता है। रात को वह रेशमी कपड़े भी पहनता है। वह बहुत कीमती पलंग और शुद्ध बुखारा के बने ड्रेसिंग गाउन का उपयोग करता है। इसके लिए उसे थोड़े पैसे की ज़रूरत पड़ती है, जैसा वह कहता भी है। खाने के पूरे समय वह आह भरता रहा और अपना सिर हिलाता रहा।

"ठीक है, संसार में सभी चीज़ों का अन्त होता है," उसने धीरे से कहा और उसकी काली आँखें सिकुड़कर छोटी हो गयीं, "तुम प्यार में फँसोगे और दुख भोगोगे और फिर उससे निकल भी आओगे। वह तुम्हारे प्रति बेवफ़ा होगी, जैसा हर स्त्री जल्दी या बाद में हो जाती है। तुम दुख भोगोगे, निराश होगे और फिर तुम भी उसके प्रति बेवफ़ा हो जाओगे। लेकिन जल्दी ही, वह समय भी आयेगा कि जब सब कुछ स्मृतियों का हिस्सा बन जायेगा; और तुम बहुत ठण्डे दिल से उसके बारे में बात करोगे और इस सबको बेमानी समझने लगोगे।"

लेपतेव थका हुआ था और कुछ नशे का प्रभाव भी उस पर हो गया था। उसने पेनोरोव के पीछे से उसके सुगढ़ सिर को देखा। दाढ़ी के काले बाल अच्छी तरह छटे हुए थे। उसकी समझ में आ गया कि स्त्रियाँ इस खूबसूरत और आत्मविश्वासी आदमी पर इतना क्यों मरती हैं।

खाने के बाद पेनोरोव अपने दूसरे फ्लैट में चला गया। लेपतेव भी थोड़ी दूर तक उसके साथ गया। इस शहर में पेनोरोव ही अकेला आदमी था, जो बीच में ऊपर को उठा हुआ हैट पहनता था। भूरी झाड़ियों और लकड़ी के गन्दे मकानों के इस शहर में अपने सुन्दर शरीर, ऊँचे हैट और पीले दस्तानों के कारण वह असामान्य और कुछ हद तक दयनीय

लगता था।

लेपतेव उसे नमस्कार करके धीरे-धीरे घर की ओर वापस लौट रहा था। चाँद इतना तेज़ चमकने लगा था कि घास की पत्तियाँ भी स्पष्ट दिखायी पड़ती थीं। लेपतेव ऐसा महसूस करने लगा, मानो चाँदनी उसके नंगे सिर को स्नेह से सहला रही है।

उसने ज़ोर से कहा, "मैं प्यार करने लगा हूँ!" वह पेनोरोव को बुलाकर बाँहों में भर लेना चाहता था। उसकी सारी गलतियों के लिए उसे क्षमा करके, उसे बहुत-सा धन देकर कहीं जंगल या मैदान में बिना उसकी ओर मुड़कर देखे भाग जाना चाहता था।

जब वह घर पहुँचा, तो देखा कि यूलिया सरजीविना की भूली हुई छतरी एक कुरसी पर पड़ी है। उसने लपककर उसे उठाया और होंठों से दबा लिया। रेशम की बनी हुई इस छतरी को किसी भी तरह नयी नहीं कहा जा सकता था। इसे बाँधनेवाला रबर का फीता पुराना हो चुका था और मूठ मामूली-सी सस्ती हड्डी की बनी थी। लेपतेव ने उसे खोलकर अपने सिर पर लगा लिया। सहसा उसे ऐसा लगा, जैसे उसने सही अर्थों में पहली बार खुशी की साँस ली है।

वह छाते को हाथ में लिये ही मास्को के अपने एक दोस्त को पत्र लिखने लगा :

"मेरे प्यारे कोस्त्या, मैं तुम्हें यह शुभ समाचार पहुँचा रहा हूँ कि मैं फिर प्यार करने लगा हूँ। 'फिर' मैं इसलिए कह रहा हूँ कि छः वर्ष पहले मैं मास्को की एक एक्ट्रेस से प्यार करता था, जिससे मिलने में मैं कभी भी सफल नहीं हो सका। तुम जानते हो, पिछले साल मैं एक ऐसी औरत के साथ रहा, जो न तो जवान थी, न सुन्दर। मेरे प्यारे दोस्त, सोचो, मैं प्यार के मामले में कितना अभागा रहा हूँ! स्त्रियों के साथ सम्बन्ध स्थापित करने में मुझे कभी भी सफलता नहीं मिली। मुझे यह दुबारा कहने में हार्दिक क्लेश पहुँच रहा है कि मेरी जवानी बिना प्यार के बीत गयी, और अब चौंतीस वर्ष की अवस्था में मैंने जाना है कि प्यार क्या चीज़ है। इसलिए मैं कहता हूँ कि इसे फिर से होने दो।

"अगर तुम इस लड़की को जानते होते, तो मैं समझता हूँ कि तुम

इसे सुन्दरी कभी नहीं कहते। इसके गालों की हड्डियाँ उभरी-उभरी हैं और यह बहुत दुबली-पतली है, लेकिन कैसी दया की भावना उसके चेहरे से टपकती है और कितनी विचित्र उसकी हँसी है! उसकी आवाज़ में एक लोच है। वह मुझसे कभी भी बात नहीं करती और मैं यह भी नहीं कह सकता कि मैं उसे जानता हूँ। लेकिन जब भी मैं उसके पास होता हूँ, मुझे लगता है कि मैं किसी असामान्य और अद्भुत व्यक्ति के पास हूँ, जो असीम बुद्धिमान और महान् है। वह धार्मिक प्रवृत्ति की है और तुम जान नहीं सकते कि इस एक बात ने मेरे ऊपर कितना असर डाला है और मैं उसका कितना आदर करने लगा हूँ। इस विषय पर मैं तुमसे बिना किसी अन्त के बहस कर सकता हूँ, यह जानते हुए भी कि तुम सही हो और तुम उसे अपनी तरह स्वीकार करते हो। फिर भी मैं उसे उस समय अधिक प्यार करता हूँ, जब वह चर्च में प्रार्थना करती होती है। वह एक क़सबाई लड़की है, लेकिन उसकी शिक्षा-दीक्षा मास्को में हुई है और वह हमारे मास्को को प्यार भी करती है और मास्को-फैशन के कपड़े भी पहनती है। इसलिए भी मैं उसे बहुत चाहता हूँ, प्यार करता हूँ··· प्यार करता हूँ।

"मैं यहीं से तुम्हें उत्तेजित होते और 'प्यार क्या है' विषय पर एक लम्बा भाषण देते देख रहा हूँ। किसे प्यार करना चाहिए, किसे नहीं, इत्यादि कहते सुन भी रहा हूँ, लेकिन मेरे प्यारे कोस्त्या, मैंने जब तक प्यार नहीं किया था, मैं प्यार को नहीं जानता था।

"मेरी बहन तुम्हारे अभिवादन के लिए धन्यवाद कहती है। वह अकसर नन्हें कोस्त्या को स्कूल ले जाते समय की बात याद करती है। वह अब भी तुम्हें 'बेचारा कोस्त्या' ही कहती है, क्योंकि तुम अब भी उसके लिए एक नन्हें से अनाथ बालक हो। इसलिए मेरे अनाथ बच्चे, मैं प्यार करने लगा हूँ। जब तक यह एक छिपी हुई बात है, इसे उन लोगों से न कहना, जो इससे सम्बन्धित हैं। मुझे विश्वास है कि सब कुछ निश्चय हो जायेगा या जैसाकि तोल्सतोय के उपन्यास का कोस्त्या कहता है, हर चीज़ अपने ही से ठीक हो जायेगी···"

पत्र समाप्त करके लेपतेव सोने चला गया। थकावट के कारण उसकी

आँखों की पलकें भारी हो रही थीं, फिर भी किन्हीं कारणों से उसे नींद नहीं आयी। उसका विचार था कि सिर्फ सड़क के शोर के कारण वह सो नहीं पा रहा है। उसने जानवरों को हाँके जाने की ध्वनि सुनी और चरवाहों की सीटियों की आवाज़ भी उनके कानों में पड़ी, उसके बाद ही प्रार्थना के लिए चर्च की घण्टी बज उठी। तभी एक गाड़ी कंहरती हुई उसके घर के बगल से निकल गयी, फिर बाजार जाती हुई किसान औरतों की बातचीत उसके कान में पड़ी और गौरैयाँ चहचहाने लगीं।

दो

सुबह बहुत ही चमकीली और सुहानी थी। करीब दस बजे नीना फ़्योदोरोव्ना भूरे रंग के कपड़े पहने और बालों को सफाई से कंघी किये बैठक में आ गयी थी। वह कुछ देर कमरे में टहलती, फिर खिड़की के पास पल-भर को रुक जाती और बच्चों की तरह मुस्करा देती। उस सुबह बड़े, बच्चे, सभी नौकर उसके भाई अलेक्सी और स्वयं उसे इस बात का यकीन हो गया था कि वह अच्छी होने जा रही है। छोटी बच्चियाँ अपने मामा के पीछे दौड़-दौड़कर हँसते-हँसते लोट-पोट हो जाती थीं। लगता था, जैसे घर में फिर से नया जीवन आ गया है।

लोग उसके स्वास्थ्य के बारे में पूछने आते, साथ में ईसा मसीह का प्रसाद लाते और बताते कि शहर के सभी प्रार्थना-गृहों में उसके स्वास्थ्य के लिए प्रार्थनाएँ हुई हैं। वह अपनी दान-वृत्ति के लिए बहुत प्रसिद्ध थी

और लोग उसे बहुत प्यार करते थे। जिस तरह उचित-अनुचित सोचे बिना मुक्तहस्त होकर अलेक्सी लोगों को पैसे देता रहता था, उसी तरह वह भी हाथ खोलकर दान देती थी। नीना गरीब लड़कों की स्कूल-फीस, गरीब बूढ़ी औरतों को चीनी, मुरब्बे और चाय, तथा ज़रूरतमन्द गरीब दुलहिनों को ज़रूरी सामान अकसर दिया करती थी।

इस समय भी उसके हाथों में ऐसे पुर्ज़ों की एक गड्डी थी, जिससे ज़रूरतमन्दों ने खाने का सामान खरीदा था और अब दूकानदार दाम की अदायगी के लिए उन्हें उसके पास लाया था।

"कितना सामान उन लोगों ने खरीद लिया है! क्या वे इतने गिर गये हैं?" वह मुश्किल से उन पुर्ज़ों पर अपनी लिखावट पहचानकर कह रही थी, "ज़रा सोचो, बयासी रूबल! अगर मैं उनकी कीमत न चुकाऊँ, तो क्या होगा?"

"मैं इन सबका मूल्य आज ही चुका दूँगा," लेपतेव ने कहा।

"नहीं, नहीं! तुम ऐसा कभी मत करना," नीना फ़्योदोरोव्ना ने नाराज़ होकर कहा, "यह काफी है कि २५० रूबल मैं तुमसे और फ्योदोर से हर महीने पाती हूँ। ईश्वर तुम दोनों का भला करे!" उसने इतने धीरे से कहा, जिससे आस-पास काम में लगे नौकर न सुन सकें।

"लेकिन मैं ढाई हज़ार रूबल हर महीने खर्च करता हूँ," लेपतेव ने कहा, "मैं तुम्हें एक बार फिर बता देना चाहता हूँ कि मेरे पैसे खर्च करने का तुम्हें उतना ही अधिकार है, जितना फ़्योदोर को या मुझे है। इस बात को आज और हमेशा के लिए समझ लो। हम तीन हैं और उसी हिसाब से हर तीन कोपेक में से एक तुम्हारा है।"

नीना फ़्योदोरोव्ना कुछ भी समझ न सकी। उसके चेहरे पर एक ऐसी भंगिमा उभर आयी, जैसे वह किसी गणित के सवाल में उलझ गयी हो। पैसों के बारे में कुछ भी समझ न पाने की उसकी यह अयोग्यता लेपतेव को हमेशा दुखपूर्ण लगा करती है। उसके मन में सन्देह है कि नीना के अपने भी कर्ज़ हैं, जिन्हें स्वीकार करने में उसे लज्जा का अनुभव होता है और इसी कारण उसे पीड़ा बनी रहती है।

इसी समय सीढ़ियों पर किसी के पैरों की आहट और मेहनत के

साथ साँस लेने की आवाज़ सुनायी पड़ी। यह डॉक्टर था, हमेशा की तरह ढीला-ढीला।

वह रु···रु···रु···की ध्वनि निकालने लगा, "रु···रु···रु···!"

उससे न मिलने की इच्छा के कारण लेपतेव खाने के कमरे से होकर अपने कमरे में चला गया। वह कभी भी डॉक्टर से इतनी आत्मीयता नहीं महसूस कर सका, जिससे वह अकसर उसके घर जा सके। इसके अलावा वह इस खूसट को, जैसे पेनोरोव उसे कहता है; बरदाश्त भी नहीं कर पाता। इसी कारण यूलिया सरजीविना से वह अब तक इतना कम मिल सका था। उसके दिमाग में यह बात एकाएक आयी कि इस समय वह यूलिया की छतरी पहुँचाने की गरज़ से उसके घर जा सकता है, क्योंकि घर में डॉक्टर नहीं होगा। इसमें ज़रा भी सन्देह नहीं कि इस समय वह अकेली होगी—उसे जल्दी करनी चाहिए। उसका हृदय तेज़ी से धड़कने लगा। वह छतरी हाथ में लेते ही काँप उठा और प्यार के पंखों पर चढ़कर तेज़ी से यूलिया के घर की तरफ निकल पड़ा।

बाहर बहुत गरम था। डॉक्टर के टूटे-फूटे गन्दे अहाते में, जिसे बनवाने की बात डॉक्टर कब से सोच रहा है; बहुत-से लड़के गेंद खेल रहे थे। दूर अहाते के एक कोने में यूलिया अपने दहलीज की मेहराब के सामने अपने दोनों हाथ पीछे बाँधे खड़ा उनका खेल देख रही थी।

"नमस्कार!" लेपतेव ने दूर से ही पुकारकर कहा।

वह घूमी, तो लेपतेव ने देखा कि उसका चेहरा, जो रोज़ थका-हारा-सा रहता था; आज अपने चारों तरफ खेलते हुए बच्चों की तरह जीवन और उत्साह से भरा हुआ है।

"देखिए, आपने मास्को में ऐसा खुशी से भरा हुआ खेल कभी नहीं देखा होगा," उसने लेपेतव से मिलने के लिए उसकी ओर बढ़ते हुए कहा, "यह सच है कि वहाँ अहाते बहुत छोटे-छोटे हैं। इतनी जगह भी नहीं होती कि इधर-उधर दौड़ा जा सके···। पापा अभी आपके ही घर गये हैं।" कहते हुए वह फिर बच्चों की ओर मुड़ गयी।

"मैं जानता हूँ, लेकिन मैं तो आपसे मिलने आया हूँ, उनसे नहीं।" लेपेतव ने उसकी जवानी और उत्साह, और उसकी छरहरी लम्बी गरदन

में पड़ी पतली सोने की चेन की मन-ही-मन प्रशंसा करते हुए दुहराया, "मैं आपसे मिलने आया हूँ। आपकी यह छतरी···मेरी बहन ने इसे पहुँचाने को कहा है। आप कल इसे वहीं भूल आयी थीं।"

यूलिया ने पहले अपना हाथ छाता लेने के लिए बढ़ाया, फिर सहसा उसे छातियों से सटा लिया।

"कृपया इसे मेरे ही पास रहने दीजिए," लेपेतव ने उत्साह के साथ कहा और अपने को उस खुशी के हवाले कर दिया, जिसे उसने बीते हुए कल की साँझ को छतरी खोलकर सिर पर लगा लेने के समय महसूस किया था, "मैं इसके द्वारा आपकी दोस्ती और याद का सुख पाऊँगा।"

"आप इसे रख सकते हैं," यूलिया ने कहा और शर्म से लाल पड़ गयी, "लेकिन इसमें कोई खास बात नहीं है।"

लेपतेव ने मूक वेदना से उसकी ओर देखा, जैसे उसके पास अपने को व्यक्त करने के लिए शब्द ही नहीं थे।

"मैं इस धूप में आपको क्यों खड़ा किये हूँ ?" यूलिया थोड़ी देर चुप रहकर बोली, "अन्दर आइए !"

"मेरी वजह से आपके काम में कोई हर्ज तो नहीं होगा ?"

वे अन्दर चले गये। यूलिया सरजीविना अपने सफेद फूलों-से वस्त्रों को फड़फड़ाती हुई दौड़कर सीढ़ियों पर चढ़ने लगी।

सहसा बीच में रुककर उसने कहा, "मेरे काम में बाधा देना सम्भव नहीं, क्योंकि मैं कुछ ऐसा करती ही नहीं। सुबह से लेकर रात तक हर दिन मेरे लिए छुट्टी का ही दिन है !"

"यह एक ऐसी बात है, जिसे मैं समझ ही नहीं सकता," लेपतेव ने उसके पास जाकर कहा, "मैं तो ऐसे लोगों के बीच में पला हूँ, जिनमें स्त्रियाँ और मर्द दोनों रोज़ काम करते हैं।"

"लेकिन जब करने के लिए कुछ हो ही न, तो फिर क्या किया जाये ?" उसने पूछा।

"आदमी को अपनी जिन्दगी इस प्रकार नियोजित करनी चाहिए, जिसमें काम करना आवश्यक हो उठे। बिना काम के पवित्र और सुखी जीवन असम्भव है।" उसने फिर छतरी को अपने से भींच लिया और

एक ऐसे हलके स्वर में बोल पड़ा, जिसे वह स्वयं भी नहीं पहचान पाया, "अगर आप मेरी पत्नी बनना स्वीकार करें, तो मैं वह सब आपको दे दूँगा, जो मेरे पास है···सबकुछ···दुनिया में कुछ भी ऐसा नहीं है—बड़े-से-बड़ा कोई भी त्याग—जो मैं न कर सकूँ।"

यूलिया ने चौंककर भय और विस्मय की दृष्टि से उसे देखा।

"नहीं-नहीं !···" वह पीली पड़ गयी, "मैं आपको विश्वास दिलाती हूँ कि यह असम्भव है। मुझे क्षमा कीजिए।"

वह जल्दी में अपना गाउन फड़फड़ाती, दौड़ती ऊपर चली गयी और दरवाजे के पीछे अदृश्य हो गयी।

लेपतेव के मन की हालत एकदम बदल गयी, जैसे कोई रोशनी उसकी आत्मा में प्रवेश कर गयी हो। वह शर्म और बेइज़्ज़ती से जलता हुआ तेज़ी से घर के बाहर निकल आया। वह सोचने लगा था कि वह विकर्षक और उबाऊ आदमी है, इसीलिए उसके प्रति नापसन्दगी और अनिच्छा का व्यवहार किया गया है।

"मेरे पास जो कुछ है, मैं सब दे दूँगा !" वह कड़ी धूप में घर की ओर आते हुए बार-बार अपना ही मज़ाक बनाता रहा। उसे अपनी स्वीकारोक्तियों का कुछ-कुछ हिस्सा भी याद आता रहा, "मैं सबकुछ दे दूँगा"···ठीक व्यापारियों की तरह—जैसे कोई आपका सबकुछ माँग रहा है !

उसने जो भी कहा था, वह सब बेहूदगी की हद थी। उसने यह झूठ क्यों बोला कि वह ऐसे लोगों के बीच रहा है, जो हर दिन काम करते हैं ? पवित्र और सुखी जीवन की बात कहकर उसने नैतिकता की झूठी उदारता क्यों व्यक्त की ? ये सब झूठ गैरदिलचस्प और बेवकूफी की बातें थीं।

धीरे-धीरे उसके मन की हालत एकदम बदल गयी। उसमें उस तरह की अतीव उदासीनता आ गयी, जैसे किसी अपराधी में सज़ा सुनने के बाद आ जाती है कि चलो, जो कुछ होना था, वह हो गया। कम-

से-कम अनिश्चय में लटके रहने से तो छुट्टी मिली। अब हर चीज़ साफ थी। उसके लिए प्रसन्नता की कोई सम्भावना नहीं थी। न कोई आशा और स्वप्न थे, न ईर्ष्या और जलन थी। अब तो उसे उस उदासी की जगह, जो उसके दिल-दिमाग में घर बनाकर बैठ गयी थी, दूसरे की प्रसन्नता और सुख को बैठाना होगा। इस सबको फिर से जानने के पहले ही बुढ़ापा आ जायेगा और उसके लिए कुछ भी महत्त्वपूर्ण नहीं रह जायेगा। उसके लिए इस सबकी कोई परवाह नहीं रह गयी थी और अब वह भावनाओं से मुक्त होकर सोच सकता था। फिर भी उसका चेहरा—विशेषतः आँखों के नीचे भारी लगता था और माथे पर एक अजीब-सा तनाव बना हुआ था—ऐसा लगता था, जैसे किसी समय भी आँसू निकल सकते हैं। कमज़ोर और लिजलिजा लेपतेव अपने बिस्तर पर लेट गया और पाँच ही मिनट में गहरी नींद में सो गया।

तीन

लेपतेव के असम्भावित विवाह-प्रस्ताव ने यूलिया सरजीविना को एक बहुत ही गहरी मानसिक पीड़ा में डाल दिया था।

वह लेपतेव को बहुत कम जानती थी। अकस्मात ही उनकी मुलाकात हुई थी। वह एक धनी आदमी था और मास्को की मशहूर फर्म फ़्योदोर लेपतेव एण्ड सन्स का साझीदार था। हमेशा बहुत गम्भीर रहने और देखने में होशियार लगने के साथ ही उसे अपनी बहन के स्वास्थ्य

की हमेशा चिन्ता बनी रहती थी। यूलिया को पूरा यकीन था कि वह उसके अस्तित्व से भी अनजान है और वह स्वयं भी उसकी ओर से सदा उदासीन बनी रहती थी। लेकिन सहसा सीढ़ियों पर यह विवाह का प्रस्ताव !···कितना दयनीय और दुख से भरा हुआ चेहरा था···!

वह विचलित इसलिए भी थी कि यह सब एकाएक इस तरह कैसे हो गया। उसने 'पत्नी' शब्द का प्रयोग कर दिया—इसलिए उसे इस तरह इन्कार करना पड़ा। उसे यह भी याद नहीं था कि उसने उस समय उससे क्या कहा, लेकिन अरुचि का यह भाव, जो उस समय उसके मन को बहा ले गया था, अब भी बना हुआ था। ऊपर से वह उसे पसन्द भी नहीं करती थी—वह एक सेल्समैन की तरह का उबाऊ आदमी है। किसी भी तरह उसे स्वीकार करना सम्भव नहीं, फिर भी उसे एक अजीब-सी बेचैनी बनी हुई थी।

"हे ईश्वर !···सीढ़ियों पर, यहाँ तक कि कमरे में आये बिना ?" उसने घोर निराशा में कहा और अपने बिस्तर की बगल में टँगी हुई देव-प्रतिमा की ओर घूम पड़ी, "बिना किसी तरह की कोर्टशिप के और इस भद्दे ढंग से !"

वह अकेली इस हर घड़ी बढ़नेवाले तनाव में तब तक के लिए पड़ गयी कि जब तक वह किसी से बात न कर ले कि उसने जो कुछ किया है, ठीक ही किया है। लेकिन वहाँ तो कोई बात करनेवाला भी नहीं था। उसकी माँ बहुत पहले की परलोक सिधार चुकी है और पिता ऐसे नहीं थे, जिनसे गम्भीरतापूर्वक कोई बात की जा सके। प्रार्थना तक में वह एकाग्र नहीं हो पा रही थी, क्योंकि वह समझ ही नहीं पा रही थी कि प्रार्थना किसके लिए की जाये !

सेमोवार लाया गया। यूलिया सरजीविना बहुत थकी हुई दिख रही थी और एक अजीब-सी अवसन्नता उस पर छा गयी थी। वह खाने के कमरे में आयी, चाय उडेली और अपने पिता के लिए प्याला बना दिया। यह उसका रोज़ का निश्चित काम था। सरजी बोरिसिच

अपना घुटने तक का लम्बा कोट पहने हुए था। उसका चेहरा सुर्ख था और दोनों हाथ कोट की जेब में घुसेड़े वह खाने के कमरे में पिंजड़े में बन्द पंछी की तरह चक्कर काट रहा था। कभी-कभी मेज़ के पास रुककर वह ज़ोर की आवाज़ के साथ चाय की चुस्की ले लेता था और इसी बीच-बीच की रुकावट के साथ चक्कर काटता रहता था।

डॉक्टर ने उसकी ओर देखा—उसे ऐसा लगा, जैसे वह कुछ भी समझ न पा रही हो।

"लेपतेव ?"उसने पूछा, "वह जो पेनोरोव का भाई है ?"

वह अपनी लड़की को बहुत प्यार करता था और यह भी जानता था कि देर-सबेर वह शादी कर लेगी और उसे अकेला छोड़ जायेगी, लेकिन कोशिश करके उसने कभी भी इस बात पर न सोचने का निश्चय कर लिया था। इस बड़े मकान में अकेले रहने की सम्भावना से वह डर जाता था। यद्यपि वह इस बात को स्वीकार नहीं करता था, लेकिन व्यक्तिगत रूप से उसके मन में यह निश्चय था कि अगर वह इस बात को मन से भी मान लेगा, तो उसे लकवा मार जायेगा।

"सचमुच मैं बहुत प्रसन्न हूँ," उसने अपना कन्धा हिलाते हुए कहा, "मैं हृदय से तुम्हें बधाई देता हूँ! मुझे छोड़ने का तुम्हारे लिए यह बहुत बड़ा अवसर है! तुम्हारा ऐसा करना ठीक भी है। एक युवती के लिए एक बूढ़े बाप, बीमार और मूढ़चित्त जीव के साथ रहना बहुत मुश्किल भी है। तुम एकदम ठीक रास्ते पर हो। जितनी ही जल्दी मैं मृत्यु की सूचना दूंगा, उतनी जल्दी यम मुझे उठाकर ले जायेंगे और सभी लोग इससे प्रसन्न होंगे। मैं तुम्हें बधाई देता हूँ, मेरी प्यारी!"

"मैंने उसे इन्कार कर दिया है।"

डॉक्टर को इस बात से काफी राहत मिली, लेकिन वह अपने को रोक नहीं सका, "मैं प्रायः सोचता हूँ कि मैं अब तक पागलखाने में क्यों नहीं रख दिया गया ?" उसने बोलना जारी रखा, "मैं एक सीधे-सादे जैकेट की जगह पर यह लम्बा कोट क्यों पहने हुए हूँ ? मैं अब भी सच्चाई और भलाई में क्यों विश्वास करता हूँ ? क्यों इस गन्दे ज़माने में भी मैं तुम्हारे उन आदर्शवादियों में एक हूँ ? मुझे मिलता ही क्या है मेरी इस

सच्चाई ग्रौर ईमानदारी के बदले ? ग्रकसर लोग कंकड़ फेंकते हैं ग्रौर मुझसे फायदा उठाते हैं। यहाँ तक कि मेरे निकट सम्बन्धी भी मेरे सिर पर लदे रहे हैं। मेरे-जैसे बेवकूफ बूढ़े को धिक्कार है !"

"ग्रापसे तो बात भी नहीं की जा सकती, पिताजी।" यूलिया ने कहा ग्रौर वह गुस्से में जल्दी से मेज़ से उठकर ग्रपने कमरे में चली गयी।

लेकिन फिर जल्दी ही यूलिया को ग्रपने पिता पर तरस ग्रा गया ग्रौर जब उसके क्लब जाने का समय हुग्रा, तो वह उसके पीछे-पीछे नीचे तक गयी ग्रौर खुद दरवाज़ा बन्द किया। बड़ी बेचैन ग्रौर ग्राँधियों की रात थी वह। हवा के झोंकों से दरवाज़े काँप-काँप जाते थे ग्रौर बाहरी छत पर इतनी ज़ोर की बूँदें पड़ रही थीं कि उसकी मोमबत्ती बुझ गयी। ग्रपने सभी कमरों को पार करते हुए वह ऊपर गयी ग्रौर हर खिडकी ग्रौर दरवाज़े पर उसने क्रास का संकेत किया। हवा चीखती रही ग्रौर उसे किसी के छत पर चलने की ग्रावाज़ सुनायी देती रही। समय किसी भी प्रकार नहीं बीत रहा था—उसने इस तरह का ग्रकेलापन पहले कभी भी महसूस नहीं किया था।

वह सोचने लगी, क्या सिर्फ सूरत पसन्द न ग्राने के कारण लेपतेव के प्रस्ताव को ठुकराकर उसने उचित किया है ? यह सच है कि वह उसे प्यार नहीं करती है। उससे शादी करने का मतलब है कि उसने प्रसन्नता ग्रौर वैवाहिक जीवन के बारे में जो भी सोचा है, उन सपनों को हमेशा के लिए नमस्कार कर देना। लेकिन क्या वह कभी उस ग्रादमी को पा सकेगी, जिसके सपने उसने देखे हैं ? वह इक्कीस वर्ष की हो गयी है, कोई भी दूसरा सम्भावित व्यक्ति इस शहर में नहीं है। उसने सारे लोगों के बारे में सोचा, जिन्हें वह जानती थी—सरकारी नौकर, ग्रध्यापक, ग्रधिकारी। उसने देखा कि उनमें से कुछ विवाहित हैं, जो उदास ग्रौर खोखली ज़िन्दगी बिता रहे हैं, ग्रौर वे दिलचस्प न होने के साथ ही बेवकूफ या चरित्रहीन हैं। कुछ भी हो, लेपतेव मास्को का रहनेवाला है। उसने यूनिवर्सिटी में शिक्षा पायी है ग्रौर फ्रेंच जानता है। वह राजधानी का रहनेवाला है, जहाँ बहुत-से चतुर ग्रौर विशिष्ट व्यक्ति रहते हैं। वह खुशियों में भरा-पूरा नगर है। वहाँ हर तरह के नाट्य-गृह, संगीत-

गोष्ठियाँ, अच्छे बाल सँवारनेवाले और तरह-तरह की दूकानें हैं···लेकिन बाइबिल···वह तो कहती है, एक स्त्री को अपने पति को प्यार करना चाहिए और उपन्यासों में तो ऐसी-वैसी अनेक बातें होती हैं ! ···लेकिन यह सब अतिशयोक्ति है। क्या शादी बिना प्यार के सम्भव नहीं है ? क्या लोग कहते नहीं कि प्यार जल्दी ही खत्म हो जाता है और आदतें रह जाती हैं ? शादी का मतलब प्यार और प्रसन्नता नहीं, बल्कि कर्तव्य है, उदाहरण के लिए बच्चों का पालन-पोषण, गृहस्थी का संचालन इत्यादि। शायद बाइबिल में भी प्यार का मतलब स्नेह और सहिष्णुता से ही है—अपने पति को अपने पड़ोसी की तरह प्यार करने से।

बिस्तर पर जाने के पहले यूलिया ने ध्यान से समाचार-पत्र पढ़ा, झुककर अपनी छाती से अपना हाथ लगाया और मोमबत्ती की लौ की तरफ ध्यान से देखते हुए कहा, "हे पवित्र माता, मेरी सहायता करो ! मेरे ईश्वर, मेरी मदद करो !"

उसने उन सारी परिचित वृद्ध महिलाओं को याद किया, जो बड़ी कड़ुआहट के साथ शादी के प्रथम प्रस्ताव पर कभी इन्कार करने के लिए पश्चात्ताप करती हैं। क्या यही उसके साथ नहीं हो सकता ? शायद उसे भी किसी समर्पित माताओं के गृह में जाकर साध्वी (नन) ही बनना पड़े।

उसने अपने कपड़े उतारे और बिस्तर में जाते-जाते अपने चारों ओर क्रास का संकेत किया। इसी समय बरामदे में जोर की घण्टी बज उठी।

"हे भगवान !" उस आवाज़ के साथ पीड़ा की एक अनुभूति उसके सारे शरीर में दौड़ गयी थी, लेकिन वह लेटी सोचती रही कि प्रान्तों की यह पिछड़ी ज़िन्दगी कितनी नीरस और नसों को तोड़नेवाली है ! हर समय आप विस्मय और डर के पंजे में दबे रहते हैं। हर समय किसी-न-किसी चीज़ के प्रति गुस्से और अपराध की भावना बनी रहती है। अन्ततः आप इतने शक्तिहीन हो जाते हैं कि अपने को दो कम्बलों में छिपा लेना पड़ता है।

आधे घण्टे बाद फिर घण्टी ज़ोर से और लगातार बजने लगी। लगता है, नौकर सो गये हैं और सुन नहीं रहे हैं—यूलिया ने मोमबत्ती जलायी, नौकरों पर गुस्से के मारे काँपते हुए जल्दी से कपड़े पहन लिये। लेकिन जब बरामदे के रास्ते पर पहुँची, तो देखा कि बैठक की नौकरानी दरवाज़ा बन्द कर रही थी।

"मैंने तो समझा मालिक थे, पर यह तो उनके लिए कोई बुलावा था।" उसने कहा।

यूलिया अपने कमरे में लौट गयी। उसने मेज़ की दराज़ से ताशों की एक गड्डी निकाली। उन्हें अच्छी तरह मिला दिया और फिर उन्हें काटकर रख दिया। अगर नीचे का ताश लाल होगा, तो इसका मतलब 'हाँ' होगा, यानी वह लेपतेव से शादी कर लेगी, लेकिन अगर निचला पत्ता काला होगा, तो इसका मतलब 'नहीं' होगा। पैकेट के नीचे जो ताश का पत्ता निकला, वह हुकुम का दहला था।

इस कारण वह शान्त होकर सो गयी। लेकिन फिर सुबह वह न तो 'हाँ' ही रह गया, न 'नहीं' ही। इस समय अगर वह चाहे, तो अपना सारा जीवन बदल सकती है। वह सोचते-सोचते बेहद थक गयी। लेकिन ११ बजने के थोड़ी ही देर बाद उसने कपड़े पहने और नीना फ़्योदोरोव्ना से मिलने चली गयी। असल में वह लेपतेव से मिलना चाहती थी। शायद वह उसे इस बार पहले से अच्छा लगे। शायद उसने अब तक उसके बारे में गलत धारणा बना रखी है। वह बहुत देर तक हवा से लड़ती, अपने हैट को दोनों हाथों से संभाले, धूल से चौंधियायी हुई चलती रही।

चार

असम्भावित रूप से यूलिया को इस तरह अपनी बहन के कमरे में आते देखकर लेपतेव पर पिछले दिन के अपमान के भाव का तीखापन हावी हो गया। कल जो कुछ भी हुआ है, उसके बाद भी इतनी सहजता से यूलिया मेरी बहन से मिलने चली आयी है, तो इसका मतलब यही है कि शायद उसने मुझे यहाँ नहीं देखा, या अपनी घृणा के योग्य भी मुझे नहीं समझा। लेकिन जब उसने हाथ मिलाया, तो उसकी निगाह उसके पीले चेहरे और धूल से भरी आँखों की ओर गयी। दुख और पश्चात्ताप का एक ऐसा आभास यूलिया ने उसे दिया कि लेपतेव को यह समझते देर नहीं लगी कि वह भी दुख में है।

उसकी तबीयत ठीक नहीं थी। थोड़ी देर—करीब दस ही मिनट रुकने के बाद वह उठ खड़ी हुई और वहाँ से रवाना हो गयी।

"क्या आप मुझे घर पहुँचा सकेंगे, अलेक्सी फ़्योदोरोविच ?" उसने बाहर जाते हुए लेपतेव से कहा।

वे लोग अपने हैट पकड़े हुए बाहर चले गये। लेपतेव कुछ कदम पीछे रहकर उसे हवा से बचाता रहा। वे मुख्य सड़क को छोड़कर पतली सड़क पर मुड़ गये। वहाँ हवा कम तेज थी, इसलिए वे अगल-बगल चलते रहे।

"मैं कल बहुत ही सख्त हो गयी थी। कृपया मुझे क्षमा कर दीजिए," उसने कहना शुरू किया, तो उसकी आवाज़ काँपने लगी, जैसे वह रोने ही वाली हो, "मुझे इतना दुख हुआ कि सारी रात मुझे नींद नहीं आयी।"

"सच कहती हैं ? मैं तो खूब सोया रात-भर !" लेपतेव ने बिना उसकी ओर देखे कहा, "लेकिन इसका मतलब यह नहीं कि मैं खुश हूँ। मेरा तो जीवन ही बरबाद हो गया और कल से तो मुझे ऐसा लगता है कि जैसे मुझे ज़हर दे दिया गया हो। जो भी बुरा होना था, वह कल हो गया। आज मेरे ऊपर से तनाव हट गया है। अब मैं काफी सफाई से

उस सबके बारे में बातें कर सकता हूँ। मैं आपको अपनी बहन से भी ज़्यादा प्यार करता हूँ—अपनी माँ से भी ज़्यादा। मैं अपनी माँ और बहन के बगैर जी सकता हूँ, लेकिन आपके बिना मेरा जीवन अर्थहीन हो जायेगा···मैं कुछ भी नहीं···"

हमेशा की तरह उसने यूलिया के इरादों का अन्दाज़ लगा लिया। वह जानता था कि उसने उसे घर आने के लिए कहा है—इसका मतलब तो यह होता है कि वह कल की बातचीत का सिलसिला आगे बढ़ाना चाहती है और इसीलिए उसे अपने घर लिये जा रही है। लेकिन अपने उस इन्कार के आगे वह और क्या जोड़ सकती है? अब उसने क्या सोचा है? उसने उसके लट और मुस्कान से—यहाँ तक कि उसकी बगल से चलते हुए जिस तरह उसके कन्धे और सिर की झुकान बनती थी, उससे अन्दाज़ लगाया कि वह अब भी उसे प्यार नहीं करती। तब फिर वह उससे क्या कह सकती है?

डॉक्टर लरजीबोरिसिच घर पर ही था।

"आइए, फ़्योदोर अलेक्सिविच, आइए!" उसने लेपतेव के नाम को पारिवारिक नाम में भूल से मिलाते हुए कहा, "आपसे मिलकर बड़ी प्रसन्नता हुई।"

डॉक्टर इसके पहले कभी भी उससे इतनी आत्मीयता से नहीं बोला था। लेपतेव ने नतीजा निकाला कि उसे उसके विवाह-प्रस्ताव के बारे में मालूम है और वह नाराज़ है। वह डॉक्टर के ड्राइंग रूम में बैठा था। यह कमरा ऐसा था, जिसमें डॉक्टर ही की तरह का आदमी रह सकता था। इसकी बगल का इससे आकार में दूना एक बड़ा हॉल था। इसमें किनारे-किनारे इस तरह की कुर्सियाँ लगी थीं, मानो वह कोई नाचघर हो।

लेपतेव डॉक्टर से अपनी बहन के बारे में बात कर रहा था, पर उसका दिमाग इस बात से परेशान था कि यूलिया सरजीविना ने उसे यह बताने के लिए बुलाया है कि उसने अपना खयाल बदल दिया है। लेकिन इससे बुरी थी इस बात की जानकारी। उसका दिमाग सन्देह में फँस

गया था। उसने कल्पना कर ली थी कि बाप-बेटी रात बड़ी देर तक बैठकर इस मामले पर गम्भीरता से विचार करते रहे होंगे। शायद उनमें अब तक यही बहस होती रही होगी कि यूलिया ने इतने धनी आदमी के प्रस्ताव को ठुकराकर बेवकूफी की है। यहाँ तक कि वे शब्द लेपतेव के कान में सुनायी पड़ते थे, जो अभिभावक ऐसे मौकों पर आकर अक्सर कहते हैं, "यह सच है कि तुम उसे प्यार नहीं करतीं, लेकिन दूसरी चीज़ों के बारे में भी तुम्हें सोचना चाहिए, जिन्हें करने का तुम्हें मौका मिलेगा।"

डाक्टर मरीज़ों को देखने जाने के लिए उठा, लेपतेव उसी के साथ जानेवाला था, लेकिन यूलिया ने कहा, "कृपया अभी न जाइए।"

उसने हृदय की सारी शक्ति खोकर, किन्तु गहरी पीड़ा के साथ अपने को समझा लिया था कि एक दयालु और प्रेम करनेवाले ऐसे आदमी को इन्कार करना, जिससे शादी करके वह इस उदास और मनहूस जीवन से बाहर निकल सकती है—और वह भी तब, जब उसकी जवानी बीत रही है और भविष्य की कोई उज्ज्वल आशा भी उसे नहीं है; केवल पागलपन और बेवकूफी की बात होगी और ईश्वर उसके लिए उसे दण्ड अवश्य देगा।

जैसे ही डाक्टर के कदमों की आवाज़ सुनायी पड़ना बन्द हुई, यूलिया एकाएक लेपतेव की ओर लौट पड़ी। उसका चेहरा उस समय एकदम पीला पड़ गया था, जब उसने निश्चयात्मक स्वर में कहना शुरू किया, "मैंने आपके प्रस्ताव पर बहुत देर तक सोचा, अलेक्सी फ़्योदोरोविच, और मैंने उसे स्वीकार करने का निश्चय कर लिया है।"

उसने कुरसी से उठकर यूलिया सरजीविना का हाथ चूम लिया और यूलिया ने भौंड़े ढंग से अपने होंठों को उसके सिर पर दबा दिया। लेपतेव ने सोचा कि इस कथन में उसका प्यार, जो मूल चीज़ है, उसी का अभाव है। जो कुछ भी है, वह ऊपरी दिखावा मात्र है। यह सोचकर वह चीख पड़ना चाहता था और वहाँ से भागकर तुरन्त मास्को के लिए

रवाना हो जाना चाहता था। पर वह सामने खड़ी थी, उससे इतनी सटी हुई कि वासना ने उसे तुरन्त दबा लिया। इसलिए यह सोचकर कि अब वह काफी देर कर चुका है, उसने उसे सीने से भींच लिया। फुसफुसाकर प्रेम की कुछ बातें कहते हुए वह उसके गले को, फिर गालों को और बालों को चूमता रहा।

इन प्यार के स्पर्शों से चौकन्नी होकर वह ऊपर खिड़की के पास चली गयी। दोनों अपने कथनों के लिए क्षमा माँगते रहे और घबराहट में अपने ही से कहते रहे, "यह सब क्यों हुआ ?"

"काश, तुम सिर्फ इतना जान सको कि मैं कितनी दुखी हूँ !" वह अपने हाथों को एक-दूसरे में कसकर कहने लगी।

"लेकिन क्यों ?" लेपतेव ने उसके पास जाकर उसकी ही तरह हाथों को एक-दूसरे में कसते हुए कहा, "क्या बात है ?—ईश्वर के लिए मुझसे सच-सच कहो, मैं तुमसे प्रार्थना करता हूँ,...बताओ न !"

चेहरे पर कोशिश करके मुस्कराहट लाते हुए उसने कहा, "कुछ नहीं। मैं वादा करती हूँ कि मैं तुम्हारी वफ़ादार, श्रद्धावान पत्नी बनूँगी। आज शाम को ज़रूर आना।"

बाद में जब वह अपनी बहन को ऐतिहासिक उपन्यास पढ़कर सुनाने लगा, तो उसे वह सब याद आया, जो कल हुआ था और यह सोचने में उसे कष्ट होने लगा कि उसकी भावनाओं का उत्तर बड़े ही मोल-तोल के ढंग से दिया गया है। वह उसे बिल्कुल प्यार नहीं करती। इसमें कोई भी सन्देह नहीं कि उसके धनी होने के कारण ही उसने उसे पसन्द किया है, और इसी एक बात को वह बिल्कुल पसन्द नहीं करता। सम्भव है, एक पवित्र और ईश्वर में निष्ठा रखनेवाली युवती होने के नाते उसने उसके धनी होने का विचार न किया हो, पर वह उसे प्यार नहीं करती...नहीं करती, चाहे वह अस्पष्ट और अनिश्चित क्यों न हो, लेकिन निश्चित रूप से किन्हीं व्यावसायिक कारणों अथवा मतैक्यों से ही वह उससे शादी करना चाहती है। डाक्टर के घर के मध्यवित्तीय और बनावटी वातावरण के साथ ही स्वयं डाक्टर ने उसे दबा दिया होगा। इस समय तो यूलिया नाम ही उसे भौंड़ा लगने लगा। वे विवाह की वेदी

पर एक-दूसरे के लिए अपरिचित होकर ही जायेंगे। उनमें रत्ती-भर भी भावना नहीं होगी। ठीक उसी तरह, जैसे शादी किसी अगुआ द्वारा तय कर दी गयी हो। उसके मन को सिर्फ यह सोचकर सन्तोष हो रहा था कि हज़ारों लोगों की शादियाँ इसी तरह होती हैं और धीरे-धीरे समय बीतने के साथ जब वह उसे अच्छी तरह जान सकेगी, तो शायद वह प्यार करना भी सीख लेगी।

"रोमियो और जूलियट!" उसने कहा और हँसते हुए पुस्तक बन्द कर दी, "मैं रोमियो हूँ! तुम मुझे बधाई दे सकती हो, आज ही मैंने यूलिया सरजीविना से शादी का प्रस्ताव किया।"

नीना फ़्योदोरोव्ना ने सोचा, शायद वह मज़ाक कर रहा है। लेकिन उसे गम्भीर देखकर वह रोने लगी—इस समाचार ने उसे अव्यवस्थित कर किया।

"मैं मानती हूँ कि मुझे तुम्हें बधाई देनी चाहिए," उसने कहा, "लेकिन क्या यह सब बहुत जल्दी में तो नहीं हो रहा है?"

"नहीं! यह सब तो मार्च ही से चल रहा था, सिर्फ तुम्हारी जानकारी में नहीं आया। मैं मार्च ही में तुम्हारे इसी कमरे में मिलने पर उससे प्यार करने लगा था।"

"मैंने तो सोचा था कि तुम किसी मास्को की लड़की से शादी करोगे," नीना फ़्योदोरोव्ना ने तनिक रुककर कहा, "हमारे ही अपने दायरे की कोई लड़की होती···यह ज़्यादा साधारण होगी। लेकिन खास सवाल तो तुम्हारी प्रसन्नता का है, अलेक्सी। मेरे ग्रिगोरी निकोलोविच ने ही मुझे कभी प्यार कहाँ किया था और तुम स्वयं देख सकते हो कि हम लोग कैसे रहे। इसमें कोई सन्देह नहीं कि तुम्हें कोई भी औरत प्यार कर सकती है। तुम दयालु और चतुर हो। लेकिन यूलिया एक महिला है, वह लड़कियों के स्कूल में पढ़ी है। दयालुता और बुद्धि उसमें अधिक नहीं है। वह अभी किशोरी है, लेकिन तुम अब किशोर नहीं रहे, न तुम उससे सुन्दर ही हो।"

अन्तिम शब्दों को और भी मुलायम करने के लिए उसने अपने गालों को सहलाया।

"तुम खूबसूरत नहीं हो," उसने कहा, "लेकिन तुम बहुत अच्छे हो।"

वह बहुत उत्तेजित हो गयी थी। यहाँ तक कि एक धुँधली लाली का आभास उसके गालों पर उभर आया। क्या यह उचित होगा कि वह अल्योशा को अपनी शुभकामनाएँ दे? कुछ भी हो, वह उसकी बड़ी बहन है और माँ के स्थान की अधिकारिणी है। उसने अपने दुखी भाई को बहलाने का बहुत प्रयत्न किया कि विवाह बहुत धूमधाम से होना चाहिए, जिससे उसका नाम और भी बढ़े।

अब लेपतेव भावी दूल्हे की तरह तीन-चार बार रोज़ डाक्टर के घर जाने लगा। इस तरह उसे साशा को छुड़ाने का समय ही नहीं मिलता था और वह अकेली अपनी माँ को उपन्यास पढ़कर सुनाया करती थी। यूलिया उसे अपने ही दोनों कमरों में बैठाती, जो घर की दूसरी छोर पर थे और उसके पिता की बैठक और ऑफिस से काफी दूर पड़ते थे। लेपतेव इन कमरों को पसन्द करता। उनकी स्याह दीवारें, कोने की पटनी, कीमती खूशबू और चिराग में जलनेवाले तेल को भी वह बहुत पसन्द करता था। यूलिया के बिस्तर और शृंगारदान पर कवर के कपड़े पड़े रहते थे। किताबों की आलमारी के किनारों पर भी हरे रंग का कपड़ा पड़ा रहता था और फर्श पर इतनी मोटी दरी बिछी थी कि उसके चलने की आवाज़ मुश्किल से ही सुनी जा सकती थी। वह गम्भीर स्वभाव की है और शान्त तथा एकान्त जीवन पसन्द करती है। वह अब भी किशोरी ही समझी जाती है। घर में उसका अपना निजी पैसा नहीं होता। अकसर बाहर जाते समय ही उसे पता लगता है कि उसके पास एक पैसा भी नहीं है। उसका पिता उसे कपड़ों और पुस्तकों के लिए बहुत थोड़ा पैसा देता है, जो कभी भी एक सौ रूबल सालाना से ज़्यादा नहीं होता। अपनी अच्छी प्रैक्टिस के बावजूद वह हमेशा तंगी में रहता है, हमेशा अपने क्लब में ताश खेलता है और हमेशा हारता है। उसने किसी पारस्परिक सहायता सोसाइटी की सहायता से मकान खरीद लिये थे, जिन्हें उसने किराये पर उठा रखा था। किरायेदार समय

पर किराया नहीं देते थे। कुछ भी हो, उसका खयाल था कि सब उसके लिए काफी लाभप्रद सिद्ध हुआ है। जिस मकान में वह अपनी बेटी के साथ रहता था, वह रेहन पर चढ़ा हुआ था और उससे आये पैसे से उसने एक खाली ज़मीन लेकर एक बड़ा दोतल्ले का मकान बनवाना शुरू कर दिया था। उसे भी जल्दी ही रेहन करने का उसका इरादा था।

लेपतेव इस समय एक उत्तेजना में जी रहा था, जैसे वह अपने-आप में न रहकर दो में बँटा-बंटा जी रहा हो और बहुत-सी चीज़ें करता जा रहा था, जिनका उसने पहले कभी स्वप्न भी नहीं देखा था। वह डॉक्टर के साथ तीन बार क्लब जाता और रात को खाना वहीं खाता। डॉक्टर को उसने मकान बनाने की योजना के लिए रुपया देने को कहा। यहाँ तक कि वह पेनोरोव से उसके दूसरे मकान पर मिलने भी गया। पेनो-रोव ने उसे एक दिन खाने पर बुलाया और लेपतेव ने बिना कोई विचार किये उसे स्वीकार कर लिया। वहाँ उसकी मुलाकात एक लम्बी, दुबली-पतली, करीब पैंतीस वर्ष की औरत से हुई, जिसके बाल सफद हो रहे थे और आँखों की भौंहें काली-काली थीं। वह रूसी नहीं मालूम होती थी। उसका चेहरा सफेद पाउडर से ढंका था। उसने मधुर मुस्कान के साथ उससे इतने झटके के साथ हाथ मिलाया कि उसकी बाँहों का ब्रासलेट झनझना उठा। लेपतेव को उसकी हँसी के पीछे उसकी पीड़ा के दर्शन हुए। उसका खयाल था कि वह उस पीड़ा को अपने ही साथ दूसरों से भी छिपाये रहना चाहती है। उसने दो छोटी बच्चियाँ भी देखीं, जिनमें से एक की उम्र पाँच और दूसरी की करीब तीन वर्ष की रही होगी, जो उसे साशा की तरह लगी। खाने में जो भी मिला, वह सब एकदम सादा और स्वादहीन था, लेकिन मेज़ सोने के काँटों, सिरके की खूबसूरत बोतलों और बड़ी ही सुन्दर बनावट के मिर्चदान से चमक रही थीं।

खाना शुरू करने के बाद लेपतेव को लगा कि यहाँ आकर उसने पूरी मूर्खता की है। औरत काफी संकोच में थी। वह लगातार हँसती और अपने दाँत दिखाती रही और पेनोरोव प्रेम और उसकी उत्पत्ति का वज्ञानिक विश्लेषण करता रहा।

"जो सवाल है," उसने अपनी रखैल को सम्बोधित करते हुए फ्रेंच

में कहा, "वह पूरी तौर पर विद्युत-व्यापार की तरह का है। हममें से हर एक की खाल में सूक्ष्म ग्रन्थियाँ हैं, जो बिजली की धाराएँ पैदा करती हैं। अगर आप किसी ऐसे आदमी से मिलते हैं, जिसकी धारा आपके समानान्तर चलती है, तो प्यार अवश्यम्भावी है।"

जब लेपतेव लौटकर घर आया और उसकी बहन ने पूछा कि वह इतनी देर तक कहाँ रह गया था, तो वह शर्मिन्दा हो उठा और उसने कोई उत्तर नहीं दिया।

शादी के पहले कुछ हफ्तों तक वह अपनी स्थिति के झूठेपन के प्रति सचेत रहा, लेकिन रोज़-ब-रोज़ उसका प्रेम बढ़ता ही गया। वह सोचने लगा कि यूलिया एक काव्यात्मक और परम सुख की ओर ले जानेवाली नारी है। लेकिन यह सत्य अपनी जगह पर अडिग रहा कि वह उसके प्यार का प्रतिदान नहीं देती और वह अपने को उसके हाथों बेच रही है। कभी-कभी वह भयंकर निराशा में जकड़ जाता और सब-कुछ छोड़ बैठने की स्थिति में पहुँच जाता। अब तो उसकी नींद उड़ गयी थी और वह रात-रात-भर जागता रहता और लेटा-लेटा सोचा करता था। शादी के बाद मिलने पर वह मास्को की उस महिला से क्या कहेगा, जिसके लिए अपने मित्र को पत्र लिखते समय उसने 'व्यक्ति' सम्बोधन का प्रयोग किया है? उसके पिता और भाई उसकी शादी और यूलिया के बारे में क्या सोचेंगे, जिनके साथ उसका स्वयं का रहना मुश्किल हो गया था? उसे डर था कि शादी के बाद पहली बार मिलने पर उसका पिता यूलिया से सख्त व्यवहार कर सकता है। जहाँ तक उसके भाई फ़्योदोर का सम्बन्ध है, उसके बारे में तो कुछ विचित्र घटनाएँ घट रही थीं। वह स्वास्थ्य के महत्त्व, दिमाग पर बीमारी के प्रभाव और धर्म के सार-तत्त्व पर उसे लम्बे पत्र लिखता था, लेकिन मास्को और व्यवसाय की एक भी बात उसके पत्र में नहीं होती थी। लेपतेव को इन पत्रों से चिढ़ होती थी कि उसके भाई का स्वभाव बदलकर बुरी दिशा में जा रहा है।

सितम्बर में पीतर और पाल की सामूहिक प्रार्थना के बाद उनकी शादी हो गयी। उसी दिन दम्पति मास्को के लिए रवाना भी हो गये। जब लेपतेव और उसकी पत्नी यूलिया ने, जो काले कपड़ों में अब किशोरी-सी नहीं दिखती थी, गाड़ी के चलते समय नीना फ़्योदोरोव्ना से विदाई ली, तो उसका चेहरा कुछ ऐंठ-सा गया, लेकिन आँखें सूखी ही रहीं।

"अगर मैं मर जाऊँ तो मेरी छोटी बच्चियों को सँभाल लेना।"

"ओह, ज़रूर···ज़रूर···मैं आपसे वादा करती हूँ," यूलिया ने उत्तर दिया और उसकी पलकें और होंठ काँपने लगे।

"मैं तुमसे अक्तूबर में आकर मिलूँगा," लेपतेव ने भावुकता से विगलित होते हुए कहा, "तुम जल्दी ही अच्छी हो जाओ, मेरी प्यारी···"

वे एक स्पेशल डिब्बे में यात्रा कर रहे थे। एकान्त में होने पर दोनों रुग्ण और दुखी हो उठते थे। वह एक कोने में अपना हैट पकड़े यह बहाना किये बैठी थी, जैसे वह ऊँघ रही हो और लेपतेव अव्यवस्थित कर देनेवाले ढेरों विचारों में उलझा, उसके सामने की गद्दी पर बैठा था। वह सोच रहा था अपने पिता के बारे में, उस 'व्यक्ति' के बारे में और उसे चिन्ता थी कि यूलिया उसके मास्कोवाले मकान को पसन्द करेगी या नहीं। वह अपनी पत्नी को भी देख रहा था, जो उसे प्यार नहीं करती और खिन्न मन से सोच रहा था कि यह सब क्यों हुआ?

पाँच

लेपतेव का परिवार मास्को में कपड़े का थोक व्यापार करता था। मुख्य रूप से किनारी, फीते, बटन और ऐसी ही अन्य चीज़ों का उनका रोज़गार था। उनकी बिक्री हर साल बीस लाख तक पहुँच जाती थी। इसमें लाभांश क्या था, इसे बड़े मालिक के अलावा कोई नहीं जानता था। उसके लड़कों और बिक्री करनेवाले लोगों का अन्दाज़ था कि लाभ करीब तीन लाख रूबल का है। उन लोगों का कहना था कि अगर बूढ़ा इतना मुक्त होकर उधार न बाँटा करे, तो वह एक लाख रूबल और बढ़ सकता है। पिछले दस वर्षों में फर्म ने दस लाख के करीब रद्दी बिल इकट्ठे कर रखे हैं। जब भी यह मामला बड़े बाबू के सामने रखा गया, उसने बड़े ही गूढ़ ढंग से कहा, "युग का मनोवैज्ञानिक नतीजा है!"

मुख्य व्यवसाय शहर में होता था, जिसे मालगोदाम कहते थे। वहाँ तक पहुँचने के लिए एक सूने आँगन को पार करना पड़ता था, जिसमें से एक प्रकार की गन्ध आती थी और घोड़ों की टापों की-सी पट-पट की ध्वनि प्रतिध्वनित होती रहती थी। आँगन से लोहे के जंगलोंवाले दरवाज़े में होकर एक पतले कमरे में घुसना पड़ता था, जिसकी दीवारें धब्बों से भरी और सीली थीं और अलकतरे के दागों से अटी पड़ी थीं। इसके बायें एक दूसरा कमरा था, जो कार्यालय कहा जाता था। यह बड़ा और साफ था। इसमें लोहे की एक अँगीठी और दो मेज़ें पड़ी थीं, लेकिन इसमें भी जेल की तरह की खिड़कियाँ लगी थीं। यहाँ से एक पतली, पत्थर की सीढ़ी ऊपरी तल्ले पर जाती थी, जो कारबार का मुख्य स्थान था। यह बहुत बड़ा कमरा था, लेकिन इसमें भी धुंधलका छाया रहता था। इसकी छत नीची थी और इस पर किनारियों और फीतों का ढेर लगा रहता था। लोगों के तेज़ी से इधर-उधर आने-जाने के कारण यह कमरा उसी तरह बदसूरत बना हुआ था, जैसे नीचे के कमरे थे। दीवारों के सहारे खत्तियों में गड्डियों, दफ्ती के बक्सों और पैकेटों में सामान सजा रहता था। लाल कपड़े, फीते या

दूसरी चीज़ें अगर बक्सों के छेदों से बाहर दिखायी न पड़तीं तो शायद किसी को यह अन्दाज़ लगाना भी मुश्किल हो जाता कि कैसी वस्तुएं यहाँ बिकती हैं। यह बात विश्वास के बाहर थी कि इन गन्दे डिब्बों में से इतनी सम्पत्ति कमायी जा सकती है और खरीदारों के अतिरिक्त कुल पचास आदमी हर समय काम में व्यस्त रहते हैं।

मास्को आने के दूसरे दिन दोपहर के बाद जब लेपतेव यहाँ आया, तो नीचे और ऊपर के कमरों में सामान खोलनेवाले मज़दूर अपने हथौड़ों से इतना शोर कर रहे थे कि किसी ने उसके आने की आवाज़ भी नहीं सुनी। यहाँ तक कि उस पोस्टमैन ने भी उसे नहीं जाना, जो चिट्ठियों का एक बण्डल लेकर इस शोर पर नाक-भौं सिकोड़ता हुआ आया था।

ऊपरी तल्ले पर सबसे पहले उससे उसका भाई फ़्योदोर मिला, जो शक्ल-सूरत में उससे इतना अधिक मिलता-जुलता था कि दोनों जुड़वाँ लगते थे। दोनों का यह हमसूरत होना लेपतेव को हमेशा अपनी शक्ल की याद दिलाता था। इस समय इस छोटे कद के साधारण आदमी को देखकर, जिसके गाल हल्के लाल थे, सिर पर बालों की कमी थी और कमर पतली और भद्दी थी, लेपतेव ने अपने ही से पूछा, "क्या मैं भी ऐसा ही दिखता हूँ?"

"तुमसे मिलकर मुझे बड़ी खुशी हुई," फ़्योदोर ने अपने भाई को चूमकर उसके हाथों को दबाते हुए कहा, "मैं तुम्हारा इन्तज़ार रोज़ ही कर रहा था। जब से तुमने अपनी शादी की बात लिखी, तभी से मैं बहुत उतावला था। मुझे तुम्हारी कमी बेहद खल रही थी, क्योंकि छः महीने से हम एक दिन के लिए भी नहीं मिले। अच्छा, तो और क्या समाचार हैं? नीना कैसी है?...ठीक नहीं है?...बिल्कुल ही ठीक नहीं?"

"हाँ, बहुत ही खराब हालत है उसकी।"

"यह ईश्वर की इच्छा है!" फ़्योदोर ने आह भरते हुए कहा, "अब अपनी पत्नी के बारे में बताओ। मैं समझता हूँ वह सुन्दर है। मैं पहले से ही उसे प्यार करता हूँ। अब तो वह मेरी छोटी बहन है। उसे दिल से प्यार करने के लिए मैं तुम्हें बढ़ावा दूँगा।"

इसी समय लेपतेव ने अपने पिता फ़्योदोर स्तेपोनिच की चौड़ी झुकी हुई कमर देखी। वह काउण्टर के स्टूल पर बैठा एक खरीदार से बातें कर रहा था।

"पिताजी, यह देखिए, अच्छे ईश्वर ने हमारे लिए क्या भेजा है!" फ़्योदोर ने पुकारकर कहा, "एलेक्सी आ गया है!"

फ़्योदोर स्तेपोनिच लम्बा और चौड़े बदन का आदमी था और अपनी अस्सी वर्ष की आयु और झुर्रियों में भी स्वस्थ और मजबूत दिखता था। वह अपने चौड़े सीने से बहुत ही भारी आवाज़ निकालकर बोलता था, मानो बन्दूक की नली से आवाज़ निकल रही हो। उसकी दाढ़ी साफ रहती थी। वह सिर्फ छँटी हुई हल्की मूँछें रखता था और सिगार पीता था। चूँकि उसे हमेशा गरमी लगती थी, इसलिए वह साल-भर हर समय लिनन के ढीले जैकेट पहनता था। अभी हाल ही में उसने अपनी आँख से मोतियाबिन्द की दली निकलवायी थी। आँखों की कमज़ोरी के कारण अब वह व्यापार नहीं चला सकता था, सिर्फ खरीदारों से बात करता, मुरब्बे खाता और चाय पिया करता था।

लेपतेव ने झुककर अपने पिता का हाथ चूमा, फिर होंठ चूम लिये।

"मेरे प्यारे बच्चे! तुम्हें देखे बहुत दिन हो गये," बूढ़े ने कहा, "सचमुच बहुत समय बीत गया। मैं समझता हूँ, तुम चाहते होगे कि मैं तुम्हें तुम्हारी शादी की मुबारकबाद दूँ। ठीक है, तुम्हें मुबारकबाद देता हूँ।" उसने अपना सिर ऊपर किया और लेतपेव ने फिर झुककर उसे चूम लिया।

"तुम अपनी युवा पत्नी को अपने साथ लाये हो?" बूढ़े ने पूछा। और उत्तर का इन्तज़ार किये बिना खरीदार की ओर मुड़कर कहने लगा, "पिताजी, मैंने इनसे शादी कर ली है···ठीक है! प्यारे पिता की सलाह और आशीर्वाद की कोई ज़रूरत नहीं। आजकल के लड़के बड़े होशियार हो गये हैं। जब मैंने शादी की, मेरी उम्र चालीस से ज़्यादा की रही होगी, लेकिन फिर भी मैंने घुटने टेककर अपने पिता से सलाह

के लिए निवेदन किया। अब वैसा कोई रहा ही नहीं।"

बूढ़ा अपने पुत्र को देखकर खुश था, लेकिन उसका खयाल था कि उस खुशी का इज़हार करना ठीक नहीं है। उसके स्वर का स्तर, उसके बोलने का ढंग और 'युवा पत्नी' के सम्बोधन ने लेतपेव के ऊपर वही हताश करनेवाला असर डाला, जो मालगोदाम आने पर हमेशा उसके ऊपर पड़ता था। यहाँ तक कि हर नन्ही चीज़ उसे उस दिन की याद दिलाती रहीं, जब वह बेंत से पीटा जाता था और सज़ा के तौर पर सिर्फ रोटी और पानी पर रखा जाता था। वह जानता था कि यहाँ बच्चे अब भी पीटे और झोंके जाते हैं, फिर वे ही बच्चे जब बड़े हो जाते हैं, तो वे खुद दूसरों से यही व्यवहार करते हैं।

फ्योदोर ने ग्राहक की पीठ पर थपथपाते हुए कहा, "अल्योशा, यहाँ आओ। मैं तुम्हारा परिचय रांबोव के ठेकेदार ग्रीगोरी रिमोफिच से करा दूँ। यह नवयुवकों, पचास के ऊपरवालों और पिताओं के लिए एक उदाहरण है।"

बिक्रीवाला क्लर्क हँस पड़ा था और वह दुबला, पीले चेहरेवाला ग्राहक भी हँसने लगा था।

काउण्टर पर बैठा बाबू बोला, "यह प्रकृति का अद्भुत नियम है कि जो कुछ अन्दर जाता है, वह बाहर ज़रूर आता है।"

करीब पचास वर्ष की उम्र का लम्बे कदवाला बड़ा बाबू काली दाढ़ी रखता था, उसकी आँख पर चश्मा होता था और कान पर पेंसिल टँगी रहती थी। वह हमेशा उलझी हुई बातें बनाता, भ्रम पैदा करके दूर की कौड़ी लाने की कोशिश करता और बेवकूफी से मुस्कराकर अपनी बात की बारीकी पर ज़ोर डालता। किताबी कथनों का अपनी तरह भाष्य करके वह अर्थ को छिपाये रखने का शौकीन था। वह साधारण शब्दों का भी असामान्य ढंग से इस्तेमाल करता था—उदाहरण के लिए 'अलावा' शब्द को ही लें। स्पष्ट बात कहते समय भी वह अपने दायें हाथ को बढ़ाकर कहता, "इसके अलावा···"

सबसे विस्मय की बात यह थी कि दूसरे बिक्रीवाले क्लर्क और ग्राहक भी उसे अच्छी तरह समझते थे। उसका नाम पोचातकिन था

ग्रौर वह कशीरा का रहनेवाला था।

"ग्रापने ग्रपने ग्रनुकूल ही प्रेम-चर्या की है," उसने लेपतेव को मुबारकबाद देते हुए कहा, "जैसाकि स्त्री का हृदय 'शामिल' का होता है।"

मालगोदाम का दूसरा महत्त्वपूर्ण व्यक्ति मैकीचेव था। वह हट्टे-कट्टे बदन का ग्रादमी था। उसकी चिकनी खोपड़ी के चारों ग्रोर भाले की तरह गुँथे हुए बाल ग्रौर चेहरे की बगल में दाढ़ी थी। उसने लेपतेव के पास जाकर नम्रतापूर्वक धीरे से कहा, "मुझे यह कहने की इजाज़त दीजिए, हज़ूर···ईश्वर ने ग्रापके महान ग्रभिभावकों की प्रार्थना सुन ली। ईश्वर को धन्यवाद है, हुज़ूर!"

इसके बाद दूसरे क्लर्क भी बारी-बारी से ग्रपने छोटे मालिक को मुबारकबाद देने लगे। सब-के-सब फैशन के ग्रनुकूल कपड़े पहने हुए थे ग्रौर खुशहाल तथा विनीत दिखायी पड़ते थे। उनके मुबारकबादी के शब्द बहुत टूटकर धीरे-धीरे सू-सू करके ऐसे निकलते थे, जैसे हवा में कोड़े चलाये जा रहे हों।

थोड़ी ही देर में लेतपेव ऊब गया ग्रौर उसे घर जाने की इच्छा होने लगी। लेकिन साथ ही दिखावे के लिए उसे दो घण्टे रुकना पड़ा, इसलिए वह काउण्टर से हटकर मैकीचेव से पूछने लगा कि गरमियाँ तो उसने ग्रच्छी तरह बितायीं—कोई ग्रन्य समाचार भी है। मैकीचेव ने इन प्रश्नों का उत्तर ग्राँखें नीची करके ग्रादर के साथ दिया। भूरी कमीज़ पहने एक लड़के ने, जिसके बाल छोटे-छोटे छँटे थे, उसे बिना प्लेट के एक गिलास में चाय दी। थोड़ी देर बाद ही एक लड़का चलते समय एक पेटी में उलझ गया ग्रौर गिरते-गिरते बचा। मैकीचेव क्रोध से मुंह बिगाड़कर उसकी ग्रोर मुड़ा ग्रौर चिल्लाया, "ग्राँख खोलकर चलो! कहाँ जा रहे हो तुम?"

बिक्रीवाले क्लर्क खुश थे कि उनका छोटा मालिक ब्याह करके घर लौट ग्राया है। वे उसे प्यार से देख रहे थे ग्रौर उनमें से जो भी

उसके पास से निकलता, वह विनीत होकर कोई खुश करनेवाली बात कहता। लेकिन लेपतेव को विश्वास था कि यह सब झूठा दिखावा है और वे सब डर के कारण उसकी चापलूसी कर रहे हैं। पन्द्रह वर्ष पहले की वह घटना उसे याद आ रही थी, जब एक क्लर्क पागल होकर सड़कों पर नंगा भाग निकला था और अपने मालिक की खिड़की के पास मुट्ठियाँ हिला-हिलाकर गाली बक रहा था। जब वह गरीब आदमी पकड़ा गया, तो हर आदमी ने उसे यह याद दिलाने में मज़ा लिया कि वह किस तरह अपने मालिक को शोषक की बजाय शोषण कह रहा था।

जिस तरह का व्यवहार लेपतेव के कर्मचारियों के साथ होता था, वह बहुत दिनों से गली की चर्चा का विषय बन चुका था। बूढ़े फ़्योदोर की नीति उनके प्रति हुक्मराना ढंग की थी और यह और भी बुरा था। उदाहरण के लिए कोई यह नहीं जानता था कि वह अपने प्रियपात्र पोचातकिन और मैकीचेव को क्या देता था। वे तीन हज़ार प्रति वर्ष से ज़्यादा नहीं पाते थे, लेकिन लोगों को यह जानने का मौका दिया जाता था कि उन्हें सात किश्तें बोनस की भी मिलती हैं। इस तरह की किश्तें सभी क्लर्कों को मिलती थीं, लेकिन छिपे तौर से, जिससे हर आदमी गर्व से प्राप्त धन को बढ़ाकर बताता था। नये आदमी को यह पता नहीं रहता था कि उसकी कब तरक्की होगी। कोई क्लर्क यह नहीं जान पाता था कि मालिक उससे नाराज़ है या खुश। खुले तौर पर कुछ भी मना नहीं था, इसलिए किसी को भी पता नहीं रहता था कि क्या करने की छूट है। शादी की मनाही नहीं थी, लेकिन इस डर से कि मालिक नाराज होकर नौकरी न छुड़ा दे, लोग शादी नहीं करते थे। उन्हें दोस्ती करने और दोस्तों के यहाँ जाने की छूट थी, मगर रात को नौ बजे दरवाज़े बन्द हो जाते थे और हर सुबह इस बात का निश्चय करने के लिए कि उनमें से कोई शराब तो नहीं पीता, मालिक एक-एक करके लोगों को पास बुलाता और अपने मुँह पर ज़ोर-ज़ोर से साँस लेने को कहता था।

हर चर्च के त्यौहार के दिन यह अपेक्षा की जाती थी कि वे सुबह की प्रार्थना में शामिल होंगे और चर्च में खड़े होंगे, जिससे उनका

मालिक उन्हें देख सकें। उपवास सख्ती के साथ किये जाते थे। मालिक या उसके परिवार के किसी भी व्यक्ति के जन्म-दिवस पर या किसी भी अन्य त्यौहार के अवसर पर क्लर्कों से उम्मीद की जाती थी कि वे सम्मिलित रूप से मिलकर कोई केक या एलबम भेंट में देंगे। वे मकान के निचले हिस्से में या पातनितस्किया के अगल-बगलवाले हिस्सों में एक-एक कमरे में तीन-चार एक साथ रहते थे और एक ही बरतन में खाना खाते थे, जबकि सबके लिए प्लेटें थीं। अगर वे खाना खाते हों और उनका कोई मालिक आ जाये, तो वे सब उठकर खड़े हो जाते थे।

लेपतेव ने बहुत पहले इस बात को महसूस कर लिया था कि केवल वे क्लर्क ही उन्हें सही माने में अपना मालिक मानते हैं, जिन्हें बूढ़े ने अपनी शिक्षा से मरोड़ दिया है, शेष तो उन्हें दुश्मन मानते थे। अपनी इस छः महीने की अनुपस्थिति में भी उसने कोई खास परिवर्तन नहीं देखा। हाँ, कुछ नये लोग ज़रूर आ गये थे, लेकिन कोई अच्छाई नहीं आ पायी थी। उसका भाई फ़्योदोर, जो कभी शान्त, विचारवान और बड़ा ही चतुर आदमी था, अब अपने कान पर पेंसिल खोंसे परेशानी से इधर-उधर चलता-फिरता और खरीदारों की पीठ थपथपाता हुआ क्लर्कों को दोस्त कहकर पुकारा करता था। वह खुले तौर पर अपना पार्ट अदा कर रहा था और अलेक्सी मुश्किल से उसे पहचान पाता था।

बूढ़ा अकसर गरज उठता था। कुछ काम न होने की हालत में वह खरीदारों को रहन-सहन तथा कार्य-संचालन पर भाषण पिलाकर खुश होता और अपना उदाहरण उनके सामने रखता। लेपतेव आत्म-प्रशंसा की वे गम्भीर और अधिकारपूर्ण बातें दस-पन्द्रह-बीस वर्षों से सुनता आया है। बूढ़ा अपनी ही श्रद्धा करता है। उसकी बातें सुनकर हर कोई यही सोच सकता है कि उसने अपनी मृत पत्नी और उसके सम्बन्धियों को बड़ा सुख दिया है, अपने बच्चों को उपकृत किया है और अपने कार्यकर्ताओं को लाभ पहुँचाता रहा है, यहाँ तक कि सारे मुहल्ले और जान-पहचान के लोगों पर उसने इतने उपकार किये हैं कि उन्हें आन्तरिक कृतज्ञता प्रकट करनी चाहिए। जो भी उसने किया है, वह सब अच्छा ही किया है। अगर किसी को अपने कारोबार में कोई तकलीफ हुई है,

तो केवल इसलिए कि उसने उसकी सलाह मानने से इन्कार किया। बिना उसकी सलाह के सफल होना मुश्किल है। चर्च में भी वह सबसे आगे खड़ा होता है और अगर पादरी पूजा ठीक न करा रहा हो, तो वह उसे भी हटा देता है। उसका विचार है कि वह अपनी जगह से ईश्वर की सेवा कर रहा है, इसलिए ईश्वर की कृपा उस पर है।

लगातार दो बजे तक मालगोदाम में हर आदमी व्यस्त था, सिवाय उस बूढ़े के, जो लगातार दहाड़ता रहता था। लेपतेव बेकार खड़े रहने की बजाय एक दर्जिन से कपड़ा लेकर छाँटता रहा, फिर वोलोगरोद के एक व्यापारी से बात करने लगा और उसे एक बिक्री क्लर्क के पास पहुँचाने में सहायता दी।

वहाँ से रवाना होने के पहले लेपतेव ने सिर्फ़ फ़्योदोर से विदाई ली।

"मैं अपनी बीवी को कल पातीनितस्किया लाऊँगा," उसने कहा, "लेकिन देखो, अगर पिताजी ने कोई भी चोट पहुँचानेवाली बात उसको कही, तो मैं तुरन्त वहाँ से चला जाऊँगा।"

"तुम अब भी जहाँ के तहाँ हो !" फ़्योदोर ने आह भरी, "शादी कर ली, लेकिन तुम्हारे अन्दर कोई परिवर्तन नहीं आया ! तुम्हें बूढ़े से थोड़ा आनन्द भी लेना चाहिए। कल करीब ग्यारह बजे हम लोग तुम्हारा इन्तज़ार करेंगे। प्रार्थना से सीधे यहीं आ जाना।"

"मैं प्रार्थना में नहीं जाता।"

"कोई बात नहीं। असल बात तो यह है कि तुम्हें ग्यारह बजे आने में देर नहीं करनी चाहिए, जिससे प्रार्थना और दोपहर के खाने पर हम लोग साथ रह सकें। मेरा प्यार कहना मेरी प्यारी भौजाई से और कहना कि मैंने उसके हाथ चूमे हैं। मैं जानता हूँ कि मैं उसे पसन्द करूँगा," फ़्योदोर ने पूरी सच्चाई से कहा, "मेरे प्यारे भाई, मैं तुमसे ईर्ष्या करता हूँ।" वह नीचे जाते-जाते अलेक्सी से कहता रहा।

लेपतेव निकोलस्काया स्ट्रीट से गुज़रते हुए फ़्योदोर के इस परिवर्तन पर विस्मय करता रहा और अपने ही से पूछता रहा कि वह इस तरह अजीब ढंग से घुटन में तड़प क्यों रहा है, मानो वह एकदम नंगा हो। कितने अजीब ढंग से वह बोल रहा था—शेड्रिन के जूदा की तरह—

भाई, मेरे प्यारे भाई, ईश्वर कृपालु है, ईश्वर की प्रार्थना करो।

दूसरे दिन इतवार को ११ बजे लेपतेव एक हल्की गाड़ी में निकोलस्काया स्ट्रीट पर चला जा रहा था। वह भेंट के इस कार्यक्रम के प्रति उत्साहित नहीं था, क्योंकि वह जानता था कि उसका पिता फ़्योदोर स्तेपानिच कुछ भी कर सकता है। दो रातों के बाद यूलिया सरजीविना ने अपनी शादी को एक गलती और विपत्ति मान लिया था। अगर उसे मास्को के अलावा किसी दूसरे शहर में रहना पड़ता, तो उसके लिए इसे सहन करना भी मुश्किल हो जाता, लेकिन मास्को ने उसे आकर्षित कर लिया था। उसे यहाँ की सड़कें, घर और चर्च बहुत अच्छे लगते थे। अगर उसे मज़बूत घोड़ों द्वारा खींची जानेवाली इन गाड़ियों में सुबह से रात तक घूमने को और पतझड़ की ठण्डी हवा में साँस लेने को मिल जाये, तो वह कभी अपने को इतनी दुखी महसूस न करे।

कोचवान ने एक नये सफेद दोतल्ले मकान की बगल में अपने घोड़े की लगाम खींची और दाहिनी ओर एक आँगन में मुड़ गया। साफ मालूम होता था कि उनके आने का यहाँ इन्तज़ार है, क्योंकि दो पुलिस के आदमी और नये ऊँचे जूते और दस्ताने पहने दरबान दरवाज़े पर और बाहर तैनात मिले। आँगन से दरवाज़े तक सफेद चूना छिड़का हुआ था। दरबान ने अपनी टोपी उतार दी और पुलिस के आदमियों ने उन्हें सलाम किया। फ़्योदोर बहुत गम्भीर चेहरा बनाये दरवाज़े पर ही उनसे मिला।

"मेरी नन्ही बहन, तुमसे मिलकर बड़ी प्रसन्नता हुई," उसने यूलिया के हाथ चूमते हुए कहा, "हमारे घर में तुम्हारा स्वागत है!"

वह सीढ़ियों पर और लोगों से भरे बरामदे से होकर यूलिया का पथ-प्रदर्शन करता हुआ चला गया। बड़े कमरे का रास्ता भी लोगों से भरा था और वहाँ से धूप जलने की गन्ध आ रही थी।

"अब मैं तुम्हारा परिचय पिताजी से कराऊँगा," फ़्योदोर ने उस गम्भीर शान्ति में फुसफुसाकर कहा, "वह एक श्रद्धेय वृद्ध व्यक्ति हैं—

परिवार के रक्षक।"

बड़े कमरे में पूजा के लिए तैयार मेज़ की बगल में फ़्योदोर स्तेपानिच पादरी की टोपी लगाये पादरी की जगह खड़ा था। बूढ़े ने बिना कुछ बोले यूलिया की ओर अपना हाथ बढ़ाया। हर आदमी खामोश था। यूलिया घबराहट के कारण परेशान हो गयी।

पादरी और उसके सहायक ने अपना पवित्र चोगा पहन लिया। धूपदानी अन्दर लायी गयी, जिसमें से चिनगियाँ छिटक रही थीं और धूप की खुशबू उड़ रही थी। मोमबत्तियाँ जला दी गयीं। क्लर्क अपने अँगूठों के बल आकर दीवार की बगल में दो कतारों में खड़े हो गये। चारों ओर गहरी खामोशी थी, कहीं से खाँसने की भी आवाज़ नहीं आती थी।

बड़ी गम्भीरता से पूजा हुई, कुछ भी छूटने नहीं पाया। दो भजन गाये गये, एक पवित्र माता मरियम और दूसरा यीशु मसीह के लिए। भजनीक लम्बे खिंचाव के साथ मात्राओं को देखकर गाते थे। लेपतेव अपनी बीवी की घबराहट देख रहा था। बाजे के तेहराकर बजने और 'ईश्वर हम पर दया करो' प्रार्थना के गाये जाने के समय हर ध्वनि पर वह गहरे तनाव के साथ उम्मीद करता था कि बूढ़ा एकाएक घूमकर कहेगा, "तुम्हें इतना भी नहीं मालूम था कि क्रास का निशान कैसे बनाया जाता है ?" इतने लोगों की उपस्थिति, सारा उत्सव, पादरी और बाजेवाले कुछ भी उसे पसन्द नहीं थे। ये सब बहुत ही उबाऊ और पुराने ढंग की बातें थीं। लेकिन जब उसने देखा कि यूलिया ने बूढ़े के साथ अपना सिर बाइबिल में झुका लिया है और कई बार घुटनों के बल झुक रही है, तो उसे लगा कि उसे यह सब अच्छा लग रहा है और वह कुछ आश्वस्त हो उठा।

प्रार्थना के अन्त में जब 'दीर्घजीवन' गाया जा रहा था, तो पादरी ने अलेक्सी और उसके पिता को चूमने के लिए क्रास दिया, लेकिन जब यूलिया सरजीविना आगे बढ़ी, तो उसने क्रास को अपने हाथ से ढँक लिया और इशारा किया कि वह कुछ कहना चाहता है। किसी ने बाजे को रुकने के लिए इशारा किया।

पादरी ने कहना शुरू किया, "मसीहा सैमुअल ईश्वर के आदेश

पर ग्राया था। शहर के बुजुर्ग उसके ग्राते ही यह कहते हुए काँप उठे थे, 'तुम शान्ति के लिए ग्राये हो ?' ग्रौर मसीहा ने कहा, 'मैं शान्तिपूर्वक त्याग के निमित्त ग्राया हूँ। ग्रपने को पवित्र कर लो ग्रौर मेरे साथ त्याग करने के लिए ग्राग्रो।' ईश्वर की दासी यूलिया, तुम भी इस घर में शान्ति के लिए पधारो!"

यूलिया का चेहरा भावनाग्रों के ग्रावेश में ग्रारक्त हो गया। जब उसने पाठ समाप्त कर दिया, तो पादरी ने उसे क्रास चूमने के लिए दिया ग्रौर एकदम बदली हुई ग्रावाज़ में कहा, "यह ठीक समय था कि जब फ़्योदोर फ़्योदोरिच की शादी हुई। यह समय एकदम उचित है।"

सामूहिक गान फिर शुरू हो गया। हॉल में फिर से जीवन ग्रौर स्वर फूट पड़ा। बूढ़े की ग्राँखों में ग्रावेग के कारण ग्राँसू छलछला ग्राये। उसने तीन बार यूलिया का हाथ चूमा ग्रौर उसके चेहरे पर क्रास का निशान बनाते हुए कहा, "यह तुम्हारा घर है। मैं बूढ़ा ग्रादमी हूँ, मुझे कुछ भी नहीं चाहिए।"

क्लर्क लोग शुभकामनाएँ देने ग्राये, लेकिन उनकी ग्रावाज़ें गाने के बीच डूब गयीं। यूलिया बूढ़े की बगल में बैठी रही ग्रौर बूढ़ा उसे बताता रहा कि ग्रलग रहना ठीक नहीं है। सबको मिल-जुलकर एक ही घर में रहना चाहिए, क्योंकि ग्रलगाव-बिलगाव से हमेशा बरबादी ग्राती है।

"मैंने रुपया कमाया ग्रौर मेरे बच्चे उसे खर्च करते हैं," उसने कहा, "ग्रब तुम्हें इस घर में रहकर मेरी सहायता करनी चाहिए। मैं बूढ़ा हूँ। यह मेरे ग्राराम करने का समय है।"

फ़्योदोर उसके पति से बहुत मिलता-जुलता था, पर उससे ज़्यादा घबराया-घबराया ग्रौर संकोच से भरा हुग्रा वह उसके चारों ग्रोर घूमता रहा ग्रौर बार-बार उसके हाथों को चूमता रहा।

"हम लोग बहुत साधारण लोग हैं, मेरी नन्ही बहन," उसने कहा ग्रौर उसके चेहरे पर गहरी लाली उभर ग्रायी, "हम लोग सादगी के साथ सादे रूसी लोगों की तरह रहते हैं—ठीक उसी तरह, जैसे ग्रच्छे ईसाइयों को रहना चाहिए।"

घर लौटते समय लेपतेव एकदम स्वच्छन्द था, क्योंकि वहाँ सब-कुछ इतनी अच्छी तरह बीता कि उसका भय आधारहीन सिद्ध हो गया था। उसने अपनी पत्नी से कहा, "तुम्हें आश्चर्य हुआ होगा कि मेरे पिता-जैसे लम्बे-चौड़े और शक्तिशाली आदमी के मेरे और फ़्योदोर-जैसे पिद्दी लड़के हैं, फिर भी इसे समझना बहुत मामूली बात है। मेरे पिता ने पैंतालीस वर्ष की अवस्था में शादी की थी। तब मेरी माँ मात्र सत्रह वर्ष की थीं। वह इनसे भयग्रस्त हो गयी थीं। नीना के पैदा होने तक वह अपेक्षाकृत स्वस्थ थीं। इसी कारण वह हम लोगों से हमेशा अधिक स्वस्थ और मज़बूत रहीं। फ़्योदोर और हम तब पैदा हुए, जब वह लगातार भय के कारण टूट चुकी थीं।...मुझे याद है कि पिताजी ने किस तरह मुझे पहले-पहल पढ़ाना शुरू किया था, यों कहें पीटना शुरू किया, जबकि मैं मुश्किल से पाँच वर्ष का ही था। वह मुझे बेंत से मारते थे, मेरे कान खींचते और मेरा सिर लड़ा देते थे। सुबह उठते ही मेरे दिमाग में सबसे पहले यही आता कि आज पिताजी मुझे पीटेंगे या नहीं? फ़्योदोर और मुझमें से कोई भी न तो इधर-उधर दौड़-भाग सकता था, न खेल पाता था। हमें सुबह की प्रार्थना में नियमित रूप से जाना पड़ता था और साधुओं और पादरियों के हाथ चूमने पड़ते थे और घर पर धर्म-वाक्य पढ़ने पड़ते थे। तुम धार्मिक वृत्ति की हो, इसलिए इस सबको पसन्द करती हो, लेकिन मुझे तो धर्म से डर लगता है और जब भी मैं किसी चर्च की बगल से गुज़रता हूँ, मुझे मेरा बचपन याद आ जाता है और मैं भयग्रस्त हो जाता हूँ। आठ वर्ष की अवस्था में मैं मालगोदाम में एक साधारण बेकार बच्चे की तरह काम करने के लिए लाया गया, जो मेरे लिए बहुत बुरा सिद्ध हुआ, क्योंकि मैं प्रायः रोज़ ही पीटा जाता था। बाद को जब मैं स्कूल भेजा गया, तो दोपहर को खाने के समय तक मुझे पाठ पढ़ने पड़ते थे और बाकी समय मालगोदाम में बिताना पड़ता था। यह तब तक चलता रहा, जब तक कि मैं बाईस वर्ष का नहीं हो गया और यूनिवर्सिटी में दाखिल नहीं हुआ। यहीं मेरी यार्त्सेव से मुलाकात हुई और उसने मुझे समझाया कि मुझे घर छोड़कर अलग रहना चाहिए। यार्त्सेव ने मेरे साथ अनेक भलाइयाँ कीं,"

लेपतेव ने हँसते हुए कहा, "आओ, चलकर उससे भी मिल आयें। वह मेरी जान-पहचान के लोगों में सबसे अच्छा आदमी है। वह हमसे मिल-कर बहुत खुश होगा।"

छह

नवम्बर की एक शाम को एंतोन रुबिन्स्तीन एक संगीत सम्मेलन कर रहे थे। बडा कमरा भीड़ से बेहद भरा हुआ बन्द-बन्द-सा था। लेपतेव पीछे खड़ा था और उसकी पत्नी और कोस्त्या कोचोवाइ बहुत आगे दूसरी या तीसरी पंक्ति में थे। बीच का अवकाश शुरू ही हुआ था कि लेपतेव ने एकाएक 'व्यक्ति'—पोलीना निकोलेवना राजूदिना को देखा। शादी के,बाद से ही वह उससे मिलने की सम्भावना से डर रहा था। अब जब उसकी सीधी और साफ दृष्टि उससे मिली, तो उसे याद आया कि उसने उसे एक नन्हा-सा दोस्ताने का पत्र भी सफाई देने के लिए नहीं लिखा है। वह मारे शर्म के लाल पड़ गया। उसने लेपतेव से दृढ़ता और कड़ाई से हाथ मिलाया और पूछा, "क्या तुमने यार्त्सेव को देखा है ?"

जब तक कि लेपतेव उत्तर दे, वह लम्बे-लम्बे डग रखती हुई जल्दी से आगे निकल गयीं, जैसे कोई पीछे से उसे ठेल रहा हो।

वह बहुत ही दुबली और पीली हो उठी थी। उसकी नाक लम्बी थी और चेहरे पर थकान का ऐसा भाव था कि लगता था वह प्रयत्न करके आँखें खोल पा रही है और अपने पैरों पर खड़ी है। उसकी आँखें सुन्दर

और काली थीं, जिनमें से उसके प्रतिभावान और दयालु होने का भाव झलकता रहता था, लेकिन उसका चलना-फिरना कुछ अजीब-सा टेढ़ा और सहसा हुआ करता था। उससे बात करना भी मुश्किल था, क्योंकि वह एक अयोग्य श्रोता की तरह थी और शान्तिपूर्वक बोल भी नहीं पाती थी। उसे प्यार करना भी बहुत मुश्किल था। वह अपने हाथों से अपना चेहरा ढँककर बहुत देर तक हँस सकती थी, सिर्फ यह व्यक्त करने के लिए कि प्यार ही उसके जीवन में मुख्य वस्तु नहीं है और चूमे जाने के पहले सत्रह वर्ष की लड़की की तरह वह प्यार करनेवाले से सभी मोमबत्तियाँ बुझाकर अँधेरा करने के लिए कह सकती थी, यद्यपि वह तीस वर्ष की हो चुकी थी। उसकी शादी एक स्कूल मास्टर से हुई थी, लेकिन वह कई वर्षों से उससे अलग रह रही थी। वह संगीत की शिक्षा देकर और सामूहिक वाद्यवृन्दों में हिस्सा लेकर अपनी जीविका कमा लेती थी।

जब नवाँ राग बज रहा था, तो फिर वह लेपतेव के पास से अनजान-सी बनी गुज़र गयी, लेकिन पिछली कतार के पीछे से भीड़ के कारण उसे रास्ता नहीं मिला। लेपतेव ने देखा कि उसने वही मखमली ब्लाउज़ पहन रखा है, जो वह पिछले दो सालों से संगीत-सम्मेलनों में अकसर पहना करती है। उसने एक नया दस्ताना भी पहन रखा है और उसके हाथ का पंखा भी नया है, पर है बहुत ही सस्ते किस्म का। उसे अच्छे कपड़े पहनने का शौक है, लेकिन उपहारों का अभाव रहता है और कपड़ों के लिए पर्याप्त पैसे नहीं मिलते। नतीजा यह होता है कि वह बड़ी लापरवाही से कपड़े पहनती है। अगर कोई उसे पढ़ाने जाते समय ज़ल्दी में लम्बे और ढीले कदम बढ़ाते हुए, जाते देखे तो उसे गिरजे के अरदली होने का सन्देह हो सकता है।

"तुम्हें आज शाम मेरे साथ बितानी होगी," पोलीना निकोलेवना ने लेपतेव के साथ आकर उसे कड़ी दृष्टि से देखते हुए कहा, "हम यहाँ से चलकर साथ चाय पियेंगे। तुम मेरी बात सुन रहे हो ? मैं इस बात को ज़ोर देकर कह रही हूँ। तुम्हारे ऊपर मेरे बहुत-से एहसान हैं और तुम्हें

कोई नैतिक अधिकार नहीं है कि तुम इस नन्ही-सी बात के लिए इन्कार करो !"

"बहुत अच्छा !" लेपतेव ने स्वीकार किया।

संगीत के बाद चारों ओर से पुकार होने लगी। श्रोता किसी भी तरह कमरे से बाहर जाने की जल्दी में नहीं थे। लेकिन लेपतेव अपनी पत्नी से बिना कुछ कहे बाहर नहीं जा सकता था। इसलिए वह दरवाज़े पर खड़ा इन्तज़ार करता रहा।

"एक प्याला चाय के बिना मेरे प्राण निकले जा रहे हैं," राज़ूदिना शिकायत के स्वर में बोली, "मेरी आत्मा गल रही है।"

"क्या यहाँ चाय मिल सकती है ?" लेपतेव ने कहा, "चलो, किसी रेस्तराँ में चलें।"

"मैं इस तरह पैसा बरबाद नहीं कर सकती। मैं कोई धनी-मानी व्यवसायी नहीं हूँ।"

लेपतेव ने उसे अपने हाथों का सहारा दिया, पर उसने इन्कार कर दिया—वही पुरानी बात दुहराते हुए कि मैं स्त्री-वर्ग की नहीं हूँ, जो किसी पुरुष का सहारा लेकर खड़ी होऊँ।

कुछ भी बोलते हुए वह लगातार भीड़ की ओर देखा करती थी और अकसर जान-पहचान के लोगों से अभिवादन का आदान-प्रदान भी किया करती थी। इनमें से अधिक गूयेरियर कोर्स के विद्यार्थी थे और उसके अपने बहुत-से चेले थे। उनसे वह झटके और तेज़ी के साथ हाथ भी मिलाती रहती थी। बात करते-करते वह अचानक काँपने लगी, जैसे उसे बुखार आ गया हो।

"तुमने किससे शादी की है ?" अन्त में उसने भुनभुनाकर उसे डराते हुए कहा, "बेवकूफ, तुम्हारी निगाह किधर है ? उस खोखले और बेवकूफ प्राणी में तुम्हें क्या दिखता है ? मैंने तुम्हारे मन और बुद्धि के लिए प्यार किया था, लेकिन वह चीनी गुड़िया तो तुम्हारी सम्पत्ति को प्यार करती है।"

"कृपा कर यह सब न कहो, पोलीना," उसने प्रार्थना की, "मेरे विवाह के बारे में तुम जो भी कह सकती हो, वह मैंने बार-बार कहा है।

कृपया मुझे बेकार की तकलीफ न दो !"

यूलिया सरजीविना काले वस्त्रों में रत्नजड़ित पिन, जो उसके ससुर ने प्रार्थना के बाद उसके पास भेजा था; लगाये दिखायी पड़ी। उसके पीछे कोस्त्या, दो डॉक्टर दोस्त, सरकारी अफसर और किश नाम का एक स्वस्थ युवक था, जो विद्यार्थियों की वरदी पहने था।

लेपतेव ने अपनी पत्नी से कहा, "कोस्त्या तुम्हें घर ले जायेगा। मैं कुछ देर के बाद आऊँगा।"

यूलिया ने सिर हिलाया और आगे बढ़ गयी। घबराहट में काँपती हुई पोलीना ऊब, घृणा और दुख से देखती हुई उसके पीछे-पीछे चलती रही।

लेपतेव उसके घर नहीं जाना चाहता था, क्योंकि उसका खयाल था कि वहाँ भद्दे दृश्य पैदा होंगे और साथ ही रोहाराहट होगी और कड़ी बातें सुननी पड़ेंगी। इसलिए उसने घर की बजाय किसी रेस्तराँ में चलने का प्रस्ताव किया।

उसने सख्ती से कहा, "नहीं, नहीं, हम लोग घर ही चलेंगे। रेस्तराँ में चलने की बात भी मत करो।"

वह रेस्तराओं को पसन्द नहीं करती, क्योंकि उसके विचार से वहाँ की हवा पुरुषों की साँस और तम्बाकू के धुएँ से जहरीली हो उठती है। वह हर उस आदमी के प्रति अजीब ढंग से गलत धारणा रखती है, जिन्हें वह नहीं जानती। उन्हें वह बलात्कारी समझती है, जो ज़रा-सा बढ़ावा पाने पर उस पर हमला बोल सकते हैं। सबसे बढ़कर तो यह बात थी कि रेस्तराओं के संगीत के कारण उसके सिर में दर्द होने लगता था।

नोवेल्टी क्लब से आगे बढ़कर उन्होंने एक घोड़ागाड़ी कर ली। लेपतेव गाड़ी में चलते हुए लगातार तब तक उसी के बारे में सोचता रहा जब तक कि वह ओस्तोज़ेंका पहुँचकर सावीलस्की स्ट्रीट पर मुड़ नहीं गया। यहीं वह रहती थी। वह ठीक कहती थी कि लेपतेव पर उसके बहुत-से एहसान थे। वह अपने दोस्त यार्त्सेव के घर पर उससे मिला था। उसे वह संगीत के सिद्धान्त पढ़ाती थी। लेपतेव के प्रति उसका प्यार सच्चा था और उसमें कोई स्वार्थ नहीं था। यहाँ तक कि

जब वह उसके साथ रहने लगी, तब भी उसे पहले की तरह इतनी मेहनत से पढ़ाती रही कि वह थककर चूर हो जाती थी। इसी के कारण उसने संगीत समझना और उससे प्यार करना सीखा था।

"एक प्याला चाय पर मेरा राज्य निछावर है!" उसने गहरी आवाज़ में कहते हुए अपना मुँह गुलूबन्द से ढँक लिया कि कहीं उसे जुकाम न हो जाये, "आज मैंने पाँच जगह पढ़ाया है। भाड़ में जायें सब---ऐसे बेवकूफ शिष्य, ऐसी औंधी खोपड़ीवाले कि मैं क्रोध से पागल हो गयी। मैं समझ नहीं पाती कि यह गुलामी कब खत्म होगी? तीन सौ रूबल बचाते ही मैं सब-कुछ छोड़ दूंगी और क्रीमिया चली जाऊँगी। मैं समुद्र के किनारे पर लेटकर साँस से आक्सीजन लूंगी। उफ्, समुद्र मुझे कितना अच्छा लगता है!"

"तुम कहीं भी नहीं जाओगी," लेपतेव ने कहा, "पहले तो तुम कुछ बचा ही नहीं सकोगी। दूसरे, तुम पैसे की शिकायत करोगी। मुझे क्षमा करो, लेकिन मैं फिर कहूँगा कि एक-एक पैसा करके तीन सौ रूबल ऐसे लोगों से, जो सिर्फ अपनी घुटन कम करने के लिए तुमसे संगीत की शिक्षा लेते हैं, इकट्ठा करने से कम अपमानजनक तो यह है कि तुम इतना धन अपने दोस्तों से उधार ले लो।"

"मेरा कोई दोस्त नहीं है," उसने क्रोध में कहा, "और मेहरबानी करके बेवकूफी की बातें मत करो। मैं कमकर वर्ग की हूँ और ऐसे वर्ग के पास एक ऐसी चीज़ है, जो भ्रष्टाचार से मुक्त है। उन्हें अधिकार है कि वे सड़े हुए व्यापारियों से कर्ज न माँगें, उन्हें अधिकार है कि वे उनसे घृणा करें। नहीं जनाब, आप मुझे खरीद नहीं सकते, मैं यूलिया नहीं हूँ!"

लेपतेव ने गाड़ीवाले का किराया नहीं दिया, सिर्फ इसलिए कि वह जानता है कि इसके कारण शब्दों की बौछार फिर शुरू हो जायेगी, जिसे वह पहले भी कई बार सुन चुका है। उसने उसे किराया देने दिया।

एक फ्लैट की मालकिन से पोलीना ने एक सजा-सजाया कमरा और

छज्जा किराये पर लिया था। उसका बड़ा बेकार पियानो बोलशाया निकित्शाया स्ट्रीट पर यार्त्सेव के घर पड़ा था, जहाँ वह रोज़ अभ्यास के लिए जाया करती थी। उसका कमरा ऐसी कुरसियों से सजा था, जिनके क़वर हटाये जा सकते थे। सफेद रंग के हल्के पलंगपोश से ढँका हुआ पलंग और पौधे लगे गमले मक़ान-मालकिन के थे। दीवारों पर छींटें टँगी रहती थीं। कमरे में कोई भी वस्तु ऐसी नहीं थी, जिससे यह मालूम हो सके कि उसमें कोई औरत रहती है और वह पहले छात्रा भी रह चुकी है। कोई श्रृंगारदान, कोई पुस्तक या लिखने की छोटी मेज़ भी वहाँ नहीं थी। यह स्पष्ट था कि वह घर लौटते ही बिस्तर में घुस जाती है और सुबह उठने के थोड़ी ही देर बाद कमरा छोड़ देती है।

खानसामा सेमोवार ले आया। पोलीना निकोलेवना ने उसी तरह काँपते हुए चाय बनायी, क्योंकि कमरे में बहुत ठण्ड थी। साथ ही वह एक गायक की आलोचना करने लगी। उसकी पलकें थकान के कारण झुक-झुक जाती थीं। वह एक के बाद एक और चाय का गिलास पीती चली गयी।

"हाँ, तो तुमने शादी कर ली," उसने कहा, "लेकिन चिन्ता न करो। मैं तुम्हें अपने दिल से नोंच फेंकूँगी। लेकिन यह देखकर मेरे हृदय को गहरी पीड़ा पहुँचती है कि तुम भी सारे पुरुषों की तरह ही बुरे हो, क्योंकि तुम भी स्त्री के मन की अपेक्षा उसकी देह, सुन्दरता और जवानी को ज़्यादा पसन्द करते हो। जवानी···" उसने अनुनासिक स्वर में दुहराया और हँसने लगी, "जवानी !···तुम···कौमार्य चाहते हो···कौमार्य ! ···यही बात है···कौमार्य !···" वह ठहाका मारकर हँसते-हँसते अपनी कुरसी के पिठासे से टिक गयी, "कौमार्य !···"

जब उसने हंसना बन्द किया, तो उसकी आँखें आँसुओं से भरी थीं।

"कम-से-कम तुम प्रसन्न तो हो ?"

"नहीं।"

"क्या वह तुम्हें प्यार करती है ?"

"नहीं।"

बहुत दुखी और बेचैन होकर लेपतेव खड़ा हो गया और फर्श पर चक्कर काटने लगा।

"नहीं," उसने दुहराया, "सच तो यह है पोलीना, कि मैं बहुत दुखी हूँ। लेकिन मैं क्या करूं ? मैंने बहुत भद्दी गलती की है और अब कोई चारा नहीं रह गया है। मुझे अब इसके बारे में फिलसफियाना रवैया अपनाना पड़ेगा। उसने भी बिना प्यार के शादी कर ली—बेवकूफी के कारण; या शायद हाँ, धन की लोलुपता के कारण, लेकिन मात्र यही कारण नही था और अब वह पूरी तौर पर गलती समझ गयी है और दुखी है। मुझे अब यह साफ दिखने लगा है। दिन में अकेले मेरे साथ पाँच मिनट भी रहने में डरती है, इसलिए वह आनन्द देनेवालों का साथ खोजता रहती है। मेरे साथ वह डरी-डरी और शरमायी रहती है।"

"लेकिन तुम्हारा धन लेने में उसे शर्म नहीं आती ?"

"यह बेवकूफी है, पोलीना," लेपतेव ने कहा, "वह मुझसे पैसे लेती है, क्योंकि उसके पास पैसा होना या न होना बराबर है। वह एक अच्छी और साफ दिमाग की औरत है। उसने सिर्फ अपने बाप से छुटकारा पाने के लिए मुझसे शादी की।"

"क्या तुम्हें विश्वास है कि अगर तुम धनी न होते, तो भी वह तुमसे शादी कर लेती ?" पोलीना ने पूछा।

लेपतेव ने खिन्न होकर कहा, 'मैं निश्चित रूप से कुछ भी नहीं कह सकता। मेरी समझ में कुछ भी नहीं आता। ईश्वर के लिए इस विषय को छोड़ दो, पोलीना।"

"क्या तुम भी उसे प्यार करते हो ?"

"पागलपन की सीमा तक।"

बहुत देर तक खामोशी छायी रही। उसने चाय का चौथा गिलास पिया, जबकि लेपतेव अपनी पत्नी के बारे में सोचता रहा। अब शायद डाक्टर के साथ उसके क्लब में दोपहर का खाना खाने की बात उसे याद आ रही थी।

"लेकिन क्या बिना कारण जाने भी प्यार किया जा सकता है ?" वह अपना कन्धा हिलाते हुए बोली, "यह हैवानी वासना के अलावा कुछ

भी नहीं है। तुम प्रेम में दीवाने हो गये थे। देह की सुन्दरता ने तुम्हें कामोन्मत्त कर दिया था---उस कुमारी की देह ने···मुझसे दूर हट जाओ ···तुम गन्दे हो···जाओ उसी के पास !···"

उसने दरवाज़े की तरफ इशारा किया और अपना हैट लेकर उसकी ओर फेंका। उसने चुपचाप अपना कोट पहना और बाहर की ओर चल पड़ा, लेकिन वह पीछे से दौड़कर उसके कन्धों से चिपटकर इस तरह रोने लगी, जैसे उसे दौरा पड़ गया हो।

उसने उसकी पकड़ ढीली करने की बेकार कोशिश करते हुए कहा, "पोलीना, कृपा करके यह सब न करो। मैं तुमसे प्रार्थना करता हूँ··· चुप हो जाओ !"

उसने अपनी आँखें बन्द कर लीं, फक पड़ गयी और उसकी नाक से मुर्दे की तरह की आवाज़ निकलने लगी। वह बेहोश हो गयी थी। लेप-तेव ने उसे धीरे से उठाया, बिस्तर पर लिटा दिया और करीब दस मिनट तक बैठा रहा, जब तक कि वह सचेत नहीं हो गयी। उसके हाथ ठण्डे थे और नाड़ी बहुत धीमी और रुक-रुककर चल रही थी।

"चलो जाओ !" उसने आँख खोलते हुए कहा, "चले जाओ, नहीं तो मैं फिर चिल्लाने लगूँगी। मुझे अपने को वश में करना ही पड़ेगा।"

वह उसे छोड़कर डाक्टर के क्लब में, जहाँ लोग उसका इन्तज़ार कर रहे थे, जाने की बजाय, सीधे घर चला गया।

सारे रास्ते में बड़ी कटुता के साथ वह अपने से यह प्रश्न पूछता रहा कि उसने उस औरत से शादी क्यों नहीं की, जो सचमुच उसे प्यार करती है और कभी उसकी दोस्त और पत्नी भी रह चुकी है। अकेली वही एक व्यक्ति रही है, जो सचमुच उसकी आत्मीय थी। इसके अलावा भी क्या इस चतुर, अभिमानी और सख्त काम करनेवाली औरत को प्रसन्नता, शान्तिपूर्ण जीवन और एक गृहस्थी प्रदान करना एक अच्छी और उचित बात न होती ? वह होता कौन है सौन्दर्य और जवानी की खुशियों की माँग करनेवाला, जो उसकी पहुँच के बाहर है ? लेकिन ये उसे सज़ा की तरह या धोखेधड़ी में मिल गयी हैं और उसे दिमाग की इस घुटी हुई और उदास हालत में तीन महीने से रखे हुए हैं। उसकी

सुहागरात बीते बहुत दिन हो चुके हैं और यह बात कितनी बेकार मालूम होती है कि वह अब तक नहीं जान पाया कि उसकी बीवी किस तरह की स्त्री है। वह पाँच-पाँच पन्नों की चिट्ठियाँ अपनी स्कूल की साथियों और पिता को लिखती है। इसके लिए उसके पास समय भी बहुत होता है, लेकिन उससे वह सिर्फ मौसम की बात करती है, या कहती है कि 'अब खाने का समय हो गया', 'अब रस लेने का समय हो गया'। सोने जाने के पहले जब वह उसे प्रार्थना करके, नन्हें क्रास और प्रतिमाओं को चूमते देखता है, तो वह घृणा से यह सोचे बगैर नहीं रह पाता कि वह किसके लिए प्रार्थना कर रही है। विचारों में वह यह कहते हुए उसका और अपना अपमान करता है कि उसके साथ सोकर वह जिस चीज़ को अपनी बाँहों में लेता है, वह खरीदी हुई है, उसके लिए मूल्य चुकाया गया है, लेकिन फिर उसे यह सोचना बहुत भयंकर लगता है। अगर वह स्वस्थ, बहादुर और पतित स्त्री होती, तो बात दूसरी थी, लेकिन वह कितनी श्रद्धावान, कमज़ोर और कम उम्र की है और उसकी आँखें कितनी मासूम हैं! जब तक वह दुल्हन थी, तब तक उसे उसके ऊपर दया आती थी, लेकिन अब उसे लगता है कि परम्परागत विचारों के विश्वास दीवार की तरह सच्चाइयों को छिपा रहे हैं। उसका जीवन पहले से ही दुख का मारा हुआ है। जब उसकी बीवी नाट्य प्रदर्शनों में उसकी बगल में बैठती है और आह भरती है या जी भरकर हँसती है, तो उसे यह सोचकर गहरी चोट लगती है कि वह अपने आनन्द में बिना उसे सम्मिलित किये भी कितनी खुश हो लेती है और ध्यान देने लायक बात तो यह थी कि वह उसके दोस्तों के साथ भी बहुत अच्छी तरह रह लेती थी और वे सभी उसे अच्छी तरह जानते थे, लेकिन वह अब तक उसे तनिक भी नहीं जान सका। वह उद्विग्न अवस्था में ईर्ष्या की प्रतारणा को खामोशी से सहता जा रहा था।

घर आकर लेपतेव ने कपड़े बदले और पढ़ने के कमरे में एक उपन्यास पढ़ने बैठ गया। उसकी बीवी अब भी घर नहीं लौटी थी, लेकिन आधे घण्टे बाद ही घण्टी बजी और दरबान तेज़ी से दरवाज़ा खोलने दौड़ा। यह यूलिया ही थी। वह सीधी पढ़ने के कमरे में ही चली आयी।

उसने एक रोयेंदार कोट पहन रखा था और कुहरे के कारण अब भी उसके गाल लाल थे।

उसने साँस रोके हुए कहा, "प्रेस्निया में भयंकर आग लग गयी है। आसमान लाल हो रहा है। मैं कोस्त्या के साथ वहाँ घोड़ागाड़ी में जाना चाहती हूँ।"

"ज़रूर जाओ।"

स्वास्थ्य की ताज़गी और उसकी आँखों की बच्चों-सी भयातुरता ने लेपतेव को शान्त कर दिया था। उसने आधे घण्टे और पढ़ा और सोने चला गया।

दूसरे दिन पोलीना ने मालगोदाम में उसे दो पुस्तकें भेजीं, जो वह कभी उससे माँगकर पढ़ने के लिए ले गयी थी और साथ में उसके चित्र और पत्र भी वापस कर दिये।

सात

अक्तूबर के अन्तिम हिस्से में नीना फ़्योदोरोव्ना की हालत बहुत बिगड़ गयी। उसका वज़न तेज़ी से घटने लगा और उसकी शक्ल भी तेज़ी से बदलने लगी। अत्यधिक दर्द बढ़ जाने पर भी उसका खयाल था कि उसकी हालत में सुधार हो रहा है और हर सुबह वह इस तरह कपड़े पहनती, जैसे वह बिल्कुल ठीक हो। फिर दिन-भर वही कपड़े पहने बिस्तर पर पड़ी रहती। अन्तिम समय में वह बहुत बातूनी हो गयी थी।

वह पीठ के बल लेटे-लेटे धीमी आवाज़ में बात करती और थकान से कराहती रहती। मृत्यु एकाएक आ गयी।

एक साफ चाँदनी रात थी। शहर के लोग ताज़े बरफ पर स्लेज की सवारी का आनन्द ले रहे थे और सड़क से उठनेवाला शोर कमरों तक सुनायी पड़ता था। नीना अपने बिस्तर में सोयी थी और साशा, जिसे छुड़ानेवाला अब कोई नहीं था, बगल में बैठी ऊँघ रही थी।

"मैं उसका पारिवारिक नाम याद नहीं कर पा रही हूँ" नीना फ़्योदोरोव्ना ने धीरे से कहा, "लेकिन उसका पहला नाम ईवान था और जातीय नाम कोचोवाई। वह एक सरकारी अधिकारी था, लेकिन बहुत ही गरीब, कायर और शराबी। ईश्वर उसकी आत्मा को शान्ति दे। वह हमारे यहाँ हमेशा आया करता था और हम हर महीने उसे आधी किलो चीनी और एक पैकेट चाय दिया करते थे। कभी-कभी पैसा भी दे देते थे। एक दिन कोचीवाई ने कुछ ज़्यादा पी ली और मर गया। उसके पीछे उसका बेटा रह गया था। सात वर्ष का छोटा बच्चा—गरीब, नन्हा, लावारिस। हम लोगों ने उसे बिक्रीवाले क्लर्कों के घर में छिपा दिया और एक वर्ष तक पिताजी को उसके बारे में कुछ भी मालूम नहीं हुआ। जब उन्हें मालूम हो गया, तो भी उन्होंने कुछ भी नहीं कहा। जब वह लावारिस लड़का कोस्त्या नौ वर्ष का हुआ, तब मेरी शादी हो गयी थी। मैं उसे सभी प्राइमरी स्कूलों में ले गयी। लेकिन किसी ने उसे भरती नहीं किया। बेचारा गरीब चिल्लाने लगता था। 'किसलिए चिल्ला रहे हो बेवकूफ लड़के ?' मैंने उससे कहा। मैं उसे राज़गुलाई की पाठशाला ले गयी। ईश्वर को धन्यवाद है कि वहाँ लोगों ने उसे भरती कर लिया। हर दिन उस छोटे बच्चे को पातनितस्किया से राजदुलाई तक पैदल ही जाना पड़ता था और राज़दुलाई से पातनितस्किया पैदल ही आना पड़ता था। अल्योशा उसकी पढ़ाई का खर्च बरदाश्त करता था। ईश्वर की कृपा से बच्चे ने सख्त मेहनत की और अच्छी तरह पढ़ा। अब वह मास्को में वकील है और अल्योशा का दोस्त है और उसी की तरह शिक्षित है। यह अच्छा ही हुआ कि हम लोगों ने उस गरीब बच्चे को अपनाकर उसे घर में रख लिया। बहुत सम्भव है, वह हमें प्रार्थनाओं

में याद करता हो···"

उसकी आवाज़ धीरे-धीरे धीमी होती गयी और बीच की रुकावट लम्बी हो उठी। थोड़ी देर की शान्ति के बाद वह उठ बैठी।

"मुझे अपनी तबीयत ठीक नहीं लग रही है।" उसने कहा, "ईश्वर मेरे ऊपर दया करें। मैं ठीक साँस नहीं ले पा रही हूँ।"

साशा जानती थी कि उसकी माँ शीघ्र ही मरनेवाली है और जब उसने देखा कि उसके गाल सहसा धँस गये हैं, तो उसने अन्दाज लगा लिया कि अन्त करीब है और वह डर गयी।

"मेरी प्यारी माँ···नहीं, माँ···नहीं···" वह सिसक-सिसककर रोने लगी।

"दौड़कर रसोई में जाओ और किसी से कहो कि कोई तुम्हारे पिता को जल्दी बुला लाये। मेरी तबीयत बहुत खराब है।"

साशा सारे कमरे में नौकरों को आवाज़ देती फिरी, पर लीदा के अलावा कोई और घर में नहीं था। वह भी पूरे कपड़े पहने रसोई में बक्स के ऊपर बिना तकिया लगाये सो रही थी। साशा कोट या दस्ताने पहनने के लिए भी नहीं रुकी और आँगन से भागती हुई सड़क पर हो रही। नर्स घर के दरवाज़े पर बैठी सड़क पर स्लेज की दौड़ देख रही थी। नीचे नदी पर सेना का एक बैण्ड बज रहा था, जहाँ लोग स्लेज की दौड़ देख रहे थे।

"नर्स, नर्स···माँ मर रही है," साशा सिसकते हुए चिल्लायी, "पित जी को फौरन बुलवाना चाहिए।"

नर्स ऊपर सोने के कमरे में गयी। उसने एक नजर बीमार औरत के ऊपर डाली और एक जलती हुई मोमबत्ती उसके हाथ में थमा दी। साशा डर के मारे इधर-उधर दौड़ती रही और लोगों से अपने पिता को बुला लाने के लिए याचना करती रही। फिर उसने अपना कोट पहना, शाल लिया और बाहर भागी। उसने नौकरों को कहते हुए सुना था कि उसके पिता ने दूसरी बीवी कर ली है, जिसके दो बच्चियाँ हैं और

वे लोग बज़ानियाँ स्ट्रीट पर रहते हैं। वह रोती, लोगों से शरमाती, बर्फ़ में उढ़कती और सरदी से काँपती सड़क पर भागी।

एक किराये की गाड़ी सड़क से गुज़री, पर साशा ने उसे डर से नहीं लिया कि कहीं गाड़ीवान उसे शहर के बाहर ले जाकर मारकर कब्रिस्तान में फेंक न दे (एक बार उसने नौकरों को चाय पीते हुए इस तरह की बात करते सुना था)। वह तेज़ी से बढ़ती गयी। थकान से उसकी साँस बन्द हो जाती थी। लेकिन वह सिसकती जाती थी। जब वह बज़ानियाँ पहुँच गयी, तो एक औरत को देखकर पेनोरोव का पता पूछने के लिए रुकी और उसे पूरा ब्यौरा समझाने ही जा रही थी, लेकिन जब स्त्री को लगा कि वह कुछ भी समझा नहीं पा रही है, तो उसने उसका हाथ पकड़कर उसे एकमंज़िले मकान तक पहुँचा दिया। सामने का दरवाज़ा बन्द नहीं था। साशा सामनेवाले दरवाज़े से दौड़ती एक बड़े कमरे को पार करके बरामदे में पहुँची, तो उसने अपने को एक गर्म और रोशनी से भरे कमरे में पाया और देखा कि उसके पिता एक स्त्री और दो बच्चियों के साथ एक सेमोवार की बगल में बैठे चाय पी रहे हैं। अब तक साशा की बोलती बन्द हो चुकी थी और सिसकियाँ ही बाकी रह गयी थीं। पेनोरोव ने फौरन ताड़ लिया कि वह क्यों आयी है।

"क्या तुम्हारी माँ···? उसकी हालत खराब है क्या ?" उसने पूछा, "बताओ बच्ची, क्या माँ की हालत ठीक नहीं है ?"

जल्दी से उठकर उसने एक किराये की गाड़ी मँगवायी।

जब वे पहुँचे, तो देखा कि नीना फ़्योदोरोव्ना तकियों के घेरे में बैठायी हुई थी। उसके हाथों में मोमबत्तियाँ थीं, उसका चेहरा काला पड़ गया था और उसकी आँखें बन्द हो चुकी थीं। सोने का कमरा लोगों से भरा था। नर्स फुसफुसाकर कुछ हिदायतें दे रही थी, लेकिन कोई नहीं समझ पा रहा था कि वह उनसे क्या करने के लिए कह रही है। खिड़की की बगल में कमरे के छोर पर लीदा खड़ी थी। वह पीली पड़ गयी थी। उसकी नींद अब भी नहीं टूटी थी, फिर भी अपनी माँ को आँख फाड़कर देख रही थी।

पेनोरोव ने उसके हाथों से मोमबत्तियाँ ले लीं और इस भौंड़ेपन से

क्रुद्ध होकर उन्हें भोजनालय की ग्रालमारी पर फेंक दिया।

"यह बहुत बुरी बात है," उसने कहा और उसके कन्धे काँप उठे, "नीना, तुम्हें लेट जाना चाहिए !" उसने बड़े कोमल स्वर में कहा, "लेट जाग्रो मेरी प्यारी !"

नीना ने उसकी ओर देखा, लेकिन उसे पहचान नहीं सकी। लोगों ने सहारा देकर उसे लिटा दिया।

जब पादरी और डाक्टर सरजी बोरिसिच पहुँचे, तो नौकर क्रास का निशान बनाकर अपनी मालकिन के लिए प्रार्थना कर रहे थे।

"बड़े दुख की बात है," डाक्टर ने बैठक में जाते हुए कहा, "अभी उम्र ही क्या थी ! चालीस भी पूरे नहीं हुए थे।"

छोटी बच्चियाँ फूट-फूटकर रो रही थीं। पेनोरोव फक पड़ गया था और उसकी आँखें भीग गयी थीं। उसने डाक्टर के पास आकर धीमी और दुखी आवाज़ में कहा, "मेरे प्यारे दोस्त, कृपा करके मास्को एक तार भेज दो ! मैं एकदम टूट गया हूँ।"

डाक्टर ने स्याही लेकर अपनी लड़की को एक तार लिखा, "पेनोरोवा का आठ बजे देहान्त हो गया। उसके पति का डोरीनियस्कावाला मकान कर्ज़ के एवज़ में बिक रहा है। बारह को नीलाम है। तुरन्त आ जाओ !"

आठ

मलाया दिमिप्रोवा की एक छोटी सड़क पर लेपतेव रहता था। यह जगह सन्तक्लीमेंस चर्च के निकट थी। सड़क के सामनेवाले बड़े मकान के एक किनारे का दोतल्ला मकान उसने अपने मित्र युवक बैरिस्टर कोस्त्या कोचोवाई के लिए, जिसे लेपतेव-परिवार के लोग बचपन से ही कोस्त्या कहते थे, किराये पर ले लिया था।

एक फ्रांसीसी परिवार, जिसमें पति-पत्नी और पाँच लड़के-लड़कियाँ थीं, दूसरी तरफ रहते थे। दिन बेहद ठण्डा था और खिड़कियों के ऊपर कुहरा जमा था। कोस्त्या सुबह परेशान-सा जगा और किसी दवा की पन्द्रह बूँद पी गया और किताबों की आलमारी से डम्बल्स लेकर कसरत करने लगा। वह बहुत दुबला और लम्बा था और घनी मूँछें रखता था, लेकिन उसके शरीर में सबसे विचित्र थे उसके अत्यधिक लम्बे पाँव। अधेड़उम्र दरबान प्योत्र, सेमोवार ले आया और चाय बनाकर दी।

"बहुत ही प्यारा दिन है, हुज़ूर !" उसने कहा।

"हो सकता है, मेरे प्यारे दोस्त, लेकिन दुख यह है कि मुझे और तुम्हें प्रसन्न होने के लिए कुछ भी नहीं है !" कोस्त्या ने कहा।

प्योत्र ने धीमे से आह भरी।

"छोटी बच्चियों का क्या हाल है ?" कोस्त्या ने पूछा।

"पादरी साहब अभी नहीं आये। एलेक्सी फ्योदोरोविच स्वयं उन्हें पढ़ा रहे हैं।" कोस्त्या को खिड़की के शीशे पर थोड़ी-सी खाली जगह दिखी, जहाँ बर्फ नहीं जमी थी। उसने अपनी दूरबीन के फोकस को ठीक करके उस खिड़की में देखा, जहाँ फ्रांसीसी परिवार रहता था।

"कुछ भी दिखायी नहीं पड़ा।" उसने कहा।

इस बीच एलेक्सी फ्योदोरोविच साशा और लीदा को बाइबिल पढ़ाता रहा था। इन बच्चियों को मास्को में रहते छः सप्ताह बीत चुके थे और वे नीचे के बगलवाले हिस्से में अपनी शिक्षिका के साथ रहती थीं। शहर के पब्लिक स्कूल से एक अध्यापक और एक पादरी हफ्ते में

तीन बार उनके लिए आते थे। साशा न्यू टेस्टामेंट पढ़ रही थी और लीदा ने अभी ही ओल्ड टेस्टामेंट शुरू किया था। अन्तिम पाठ के समय लीदा से कहा गया था कि वह अब्राहम तक पाठ को याद कर ले।

"तो अब, आदम और ईव के दो बच्चे हो गये," लेपतेव ने कहा, "हाँ, बताओ, उनके क्या नाम थे ? तुम्हें याद हैं ?"

हमेशा की तरह लीदा गम्भीर चेहरा बनाये मेज़ की तरफ एकटक देखने लगी। उसके होंठ हिलने लगे। उससे बड़ी बच्ची उसकी ओर उत्सुकता से देखती रही।

"तुम अच्छी तरह जानती हो। घबराओ नहीं," लेपतेव ने कहा, "हाँ, आदमी के बच्चों के क्या नाम थे ?"

"अबेल और कबेल," लीदा ने फुसफुसाकर कहा।

"केन और अबेल," लेपतेव ने उसे ठीक किया।

आँसू की एक बड़ी-सी बूँद लीदा के गालों पर लुढ़ककर पुस्तक पर गिर पड़ी। साशा भी रोने ही वाली थी। उसने आँखें नीची कर लीं और उसका चेहरा भभर आया, लेकिन लेपतेव सहानुभूति के साथ कुछ भी नहीं कह पाया। वह उठा और एक सिगरेट जलाकर पीने लगा। तभी कोस्त्या हाथ में एक अखबार लिये सीढ़ियों से उतरा। छोटी बच्चियों ने उठकर बिना उसकी ओर देखे उसका अभिवादन किया।

लेपतेव ने उससे आजिज़ी के साथ कहा, "ईश्वर के लिए कोस्त्या, इन्हें इनके पाठ पढ़ा दो ! मुझे डर है कि मैं खुद भी रोने लगूँगा। इसके अलावा मुझे खाने के पहले मालगोदाम भी पहुँचना है।"

"ठीक है !"

अलेक्सी फ्योदोरोविच बाहर चला गया। कोस्त्या गुस्से में बहुत सख्त होकर मेज़ के पास बैठ गया और बाइबिल खोलने लगा। "हाँ तो," उसने कहा, "तुम लोग कहाँ तक पहुँचे ?"

"वह बाढ़ के बारे में जान चुकी है," साशा ने कहा।

"जान चुकी है ? बहुत अच्छा, हम लोग बाढ़ के बारे में बातें करेंगे।"

कोस्त्या ने पुस्तक में बाढ़ के संक्षिप्त वर्णन पर निगाह दौड़ायी और

कहने लगा, "मैं बाढ़ के बारे में बताऊँगा, गोकि जैसा इसमें लिखा है, वैसी बाढ़ कभी भी नहीं आती, फिर भी मैं तुम्हें बताऊँगा। ईसा के जन्म के हजारों साल पहले एक बार प्रलय हो गयी थी। उसका उल्लेख तुम्हें सिर्फ बाइबिल ही में नहीं, बल्कि हिन्दुओं, चाल्दियाइयों और यूनानियों में भी मिलेगा। लेकिन चाहे जितनी बड़ी यह बाढ़ रही हो, सारी पृथ्वी को यह बाढ़ डुबो नहीं पायी होगी। हो सकता है कि मैदान डूब गये हों, लेकिन पहाड़ों पर पानी नहीं चढ़ पाया होगा। इस पुस्तक को पढ़ने में कोई खतरा नहीं है, लेकिन इस पर विश्वास करने की भी ज़रूरत नहीं है।"

लीदा की आँखें फिर झरने लगीं। वह सहसा उठकर चली गयी और बेहोश-सी फफक-फफककर रोने लगी। कोस्त्या डरकर अपनी कुरसी से उठ खड़ा हुआ।

"मैं पापा और अपनी आया के पास घर जाना चाहती हूँ।" वह सिसकने लगी।

साशा भी सिसकने लगी। कोस्त्या ने ऊपर जाकर यूलिया को फोन किया, "बच्चे फिर चिल्ला-चिल्लाकर रो रहे हैं। मैं समझ नहीं पाता कि क्या किया जाये।"

यूलिया सरजीविना कपड़ों पर ऊनी चादर ओढ़े अपने घर से तेज़ी के साथ भागती हुई आयी। वह ठण्ड से काँप रही थी।

बच्चियों को अपने सीने से लगाते हुए उसने बार-बार कहा, "तुम्हारे पापा आज आयेंगे। उन्होंने मुझे आज ही तार भेजा है। माँ के लिए बहुत दुख है...तुम लोगों के लिए हमारे दिल फटे जा रहे हैं, पर क्या किया जा सकता है! हम लोग ईश्वर की मरज़ी के विरुद्ध नहीं जा सकते।"

जब बच्चों ने रोना बन्द कर दिया, तो उसने उन्हें तैयार कराया और गाड़ी में बैठकर बाहर निकल गयी। वे लोग मलाया मिदोवका गये और स्त्रास्तोनाय होते हुए वरस्किया पहुँचे। इवरस्की के गिरजे में उनमें से हरएक ने प्रतिमा के सामने एक-एक मोमबत्ती रखी और घुटने टेककर प्रार्थना की। लौटते हुए वे लोग फिलीपोव्स के यहाँ रुके और

पोस्ते के दाने के साथ बारानकी खरीदी।

दो और तीन के बीच लेपतेव-परिवार ने खाना खाया। प्योत्र ने मेज़ पर खाना परोसने का काम किया। वह सब-कुछ करता था। दिन में वह इधर-उधर पोस्ट आफिस, मालगोदाम और कोस्त्या के लिए ज़िला-कचहरी जाता और इसके अलावा मेज़ पर खाना भी लगाता। शाम को सिगरेटें बनाता और रात को दरवाज़े की घण्टियाँ बजने पर लोगों से मिलता। फिर सुबह पाँच बजे वह चूल्हा जलाने के लिए तैयार रहता। किसी को यह नहीं मालूम होता कि वह कब सोता है। वह सोड की बोतलें खोलने में बड़ी रुचि लेता था और बिना एक बूंद बाह गिराये यह काम करता था।

कोस्त्या ने एक गिलास वोदका गले के नीचे उतारते हुए कहा, "यह गया!" यूलिया सरजीविना पहले कोस्त्या को पसन्द नहीं कर सकी थी। उसकी खरखराती हुई आवाज़ और बातों का ढंग मसलन, 'ठोकर मारकर उसे निकाल दिया', 'उसके प्याले में ज़बरदस्ती उड़ेल दिया,' 'सड़ा हुआ', 'आशुकविता की तरह का सेमोवार है' इत्यादि और उसका शराब के हर गिलास को टकराकर पीना और हर बार भाषण करना उसे बहुत पिटा-पिटाया-सा लगता था। लेकिन धीरे-धीरे जब वह उसे जान गयी तो उसके साथ रहने में उसे सहजता का बोध होने लगा। वह उससे बहुत साफ बोलता था। यूलिया के साथ शाम को बैठकर धीरे-धीरे बात करना वह बहुत पसन्द करता था और उसे अपने लिखे उपन्यास भी पढ़ने को दे देता था। इस बात को उसने अब तक यार्त्सेव और लेपतेव-जैसे दोस्तों से भी छिपा रखा था। वह उसके उपन्यासों को पढ़कर इस तरह प्रशंसा करती थी, जिससे उसकी भावनाओं पर चोट न पहुँचे। कोस्त्या बहुत प्रसन्न था, क्योंकि उसे मालूम था कि देर-सबेर वह एक प्रसिद्ध उपन्यासकार हो जायेगा। मुख्य रूप से किसानों और भद्र लोगों के बारे में ही वह लिखता था, यद्यपि देहात कुछ अवसरों पर ही गया था और वहाँ कुछ-एक दोस्तों ही से मिला था। एक बार एक अदालती

काम के सिलसिले से देहात जाने पर उसे एक ज़मींदार के घर में अन्दर जाने का मौका मिला था। वह प्रेम के बारे में लिखने से अपने को बचाता था, जैसे इस विषय के कारण उसे परेशानी होती हो, लेकिन वह प्रकृति का वर्णन बार-बार करता था। उसके मन में ऐसे वर्णनों के लिए कमज़ोरी थी, जैसे 'पर्वतों की अपरूप चोटियाँ', 'बादलों की विलक्षण आकृतियाँ', 'अद्भुत मिलावटों का राग'। उसके उपन्यास कभी नहीं छप सके और इसके लिए वह हमेशा सेन्सरशिप को दोष देता था।

वह बैरिस्टर होना चाहता था, लेकिन उसे पूरा विश्वास था कि कानून की जगह पर साहित्य ही उसकी इच्छा का पेशा है। कला उसे हमेशा अपनी ओर खींचती थी। उसको इस बात का निश्चय था कि उसका स्वभाव ही कलात्मक है। वह न कोई वाद्य यन्त्र बजा सकता था, न गा ही सकता था, न उसके पास संगीत सुनने-समझने की प्रतिभा ही थी, लेकिन वह सभी संगीत-सम्मेलनों में जाया करता था, और अपना परिचय संगीतज्ञों से करवा लेता था।

रात के खाने पर बहुत-सी बातें हुईं।

"विश्वास करो या न करो, पर हमारे फ़्योदोर ने एक नया विस्मय-जनक विचार पेश किया है," लेपतेव ने कहा, "उसका कहना है कि हमें इस बात का पता लगाना चाहिए कि हमारी संस्था के सौ वर्ष कब पूरे हो रहे हैं, जिससे हम सरकार से दरख्वास्त कर सकें कि हमें खिताब दिया जाये। वह इस बात पर बहुत गम्भीर है। मैं समझ नहीं पा रहा हूँ कि इसके बारे में क्या किया जा सकता है! साफ बात यह है कि अब मैं उससे चौकन्ना हो रहा हूँ।"

बात फ़्योदोर पर चल पड़ी। आजकल यह फैशन हो गया है कि कोई-न-कोई एक ढंग बनाकर रहा जाये। उदाहरण के लिए फ़्योदोर एक रूसी व्यवसायी का साहसी रूप प्रस्तुत करना चाहता था। यह एक ऐसी बात थी, जो उसमें अब नहीं रह गयी थी। वह स्कूल मास्टर, जिसे उनके बाप ने प्रश्रय दिया था, आज जब अपनी तनख्वाह माँगने आया, तो फ़्योदोर ने उससे बड़े ही सख्त और सरसरे ढंग से बातें कीं।

खाने के बाद कोई बेहतर काम न होने के कारण वे लोग पढ़ने के

कमरे में जा बैठे। वहाँ वे पतनोन्मुखता और ओरलियाँ की नारी के बारे में बातें करते रहे। कोस्त्या ने एक नाटक से, जिसे वे लोग यामलोव का सच्चा अनुकरण मानते थे, एक संवाद पढ़कर सुनाया। इसके बाद वे 'विंट' का खेल खेलने लगे। छोटी बच्चियाँ अपने कमरों में नहीं गयीं, बल्कि वहीं अगल-बगल आरामकुरसी में बैठी रहीं। वे बहुत उदास थीं, उनका रंग फक पड़ गया था और उधर से गुज़रती हर गाड़ी की आवाज़ पर वे चौंक उठती थीं कि कहीं उनके पिता तो इससे नहीं आ गये। वे विशेषतः शाम को बहुत उदास हो उठती थीं, यहाँ तक कि बत्ती जलने पर भी वैसी ही बनी रहती थीं। ताश खेलनेवाली मेज़ से आनेवाली बातचीत, प्योत्र के चलने की आवाज़ और अलाव में जलनेवाली लकड़ी का चटखना भी उन्हें अव्यवस्थित कर देता था। आग की लपट देखकर वे बहुत खिन्न हो उठती थीं। अब तो वे और अधिक रो भी नहीं सकती थीं। यह सब बहुत भयंकर था और उनका दिल बहुत ही भारी हो उठा था। वे यह समझ ही नहीं पाती थीं कि माँ के मरने के बाद कोई कैसे हँस या बोल सकता है।

"आपने आज अपनी दूरबीन से क्या देखा!" यूलिया सरजीविना ने कोस्त्या से पूछा।

"आज कुछ नहीं देख पाया, लेकिन कल मैंने बूढ़े फ्रांसीसी को नहाते हुए देखा था।"

सात बजे यूलिया सरजीविना और कोस्त्या माली थियेटर चले गये। लेपतेव लड़कियों के साथ घर रह गया।

"अब तक तुम्हारे पिता को यहाँ आ जाना चाहिए था," उसने घड़ी देखते हुए कहा, "लगता है गाड़ी लेट हो गयी।"

जानवरों के नन्हे, सर्द बच्चों की तरह एक-दूसरे से सटी हुई दोनों बच्चियाँ चुपचाप आरामकुरसी में बैठी रहीं और लेपतेव कमरे में इधर-उधर चक्कर काटता बेसब्र होकर हर मिनट अपनी घड़ी देखता रहा। घर एकदम शान्त था। दस बजे के लगभग दरवाज़े की घण्टी बजी। प्योत्र दरवाज़ा खोलने गया।

अपने पिता की आवाज़ सुनकर दोनों बच्चियाँ चिल्ला पड़ीं और

बड़े ज़ोर से सिसकती हुई उससे मिलने के लिए दौड़ पड़ीं। उसने एक कीमती रोएँदार कोट पहन रखा था और उसकी मूँछ और दाढ़ी कुहरे की नन्ही बूँदों से ढँकी थी।

"वहाँ चलो, उधर!" उसने साशा और लीदा से धीरे से कहा, जो साथ-साथ रोती और हँसती जा रही थीं और उसके हाथों को, हैट को, कोट को लगातार चूम रही थीं। उदासीन, सुन्दर और अत्यधिक प्यार से पाली हुई उन बच्चियों की पीठ उसने उड़े-उड़े मन से थपथपायी और कमरे में जाकर अपने हाथ मलते हुए कहने लगा, "मैं ज़्यादा देर नहीं रुक सकूँगा। कल मैं पीतर्सबर्ग चला जाऊँगा। मुझे दूसरे शहर में एक नौकरी देने का आश्वासन मिला है।"

वह ड्रेसडन में रुक गया था।

नौ

इवान गावरिलिच यार्त्सेव लेपतेव के यहाँ प्रायः आया करता था। वह एक तगड़ा आदमी था। उसके बाल सुन्दर और काले थे। उसका चेहरा बहुत ही तेजवान था। वह सुन्दर माना जाता था, लेकिन बाद को धीरे-धीरे वह मोटा हो गया था और इसके कारण उसकी आकृति बिगड़ गयी थी। उसने अपने बाल भी बहुत छोटे करा लिये थे। विश्वविद्यालय के दिनों में अपने कसरती शरीर के कारण उसका नाम ही 'खरादा हुआ' पड़ गया था।

उसने लेपतेव भाइयों के साथ ही भाषा-विज्ञान विभाग में शिक्षा पायी थी। इसके बाद उसने प्राकृतिक विज्ञान का अध्ययन किया था और अभी उसने रसायनशास्त्र में डिगरी ली थी। उसे रसायनशास्त्र में किसी पद की न आशा थी, न वह कभी प्रयोगशाला में काम ही करता था। वह एक व्यावसायिक स्कूल और औरतों के एक व्याकरण स्कूल में भौतिक विज्ञान और प्राकृतिक इतिहास पढ़ाता था। वह अपने शिष्यों के बारे में बड़ा उत्साही था, विशेषतः लड़कियों के बारे में उसका खयाल था कि एक महान पीढ़ी विकसित हो रही है। रसायनशास्त्र के अलावा उसने समाजशास्त्र और रूस का इतिहास अपने-आप पढ़ा था और अखबारों तथा पत्रिकाओं में 'या' नाम से छोटे-छोटे लेख लिखा करता था। जब भी वह वनस्पति या प्राणिशास्त्र के बारे में बात करता, तो वह इतिहासज्ञ की तरह लगता और जब इतिहास के बारे में कुछ कहता, तो साफ मालूम होता कि वह विज्ञानविद है।

लेपतेव का दूसरा मित्र किश था। लोग उसे सार्वभौमिक छात्र मानते थे। उसने तीन वर्ष डाक्टरी पढ़ी, फिर गणित पढ़ने लगा और उनमें दो-दो वर्ष लगाये। उसका पिता एक प्रान्त में औषधि-विक्रेता था। वह हर महीने उसे चालीस रूबल भेजता था और उसकी माँ छिपे तौर से उसमें बीस रूबल और मिला देती थी। उसके खर्च के लिए इतना धन काफी था। साथ ही वह पोलिश बुनकरों के बुने हुए कॉलर, दस्ताने और सुगन्ध की वस्तुएँ और फोटो (वह अपना चित्र उतरवाकर परिचितों को भेंट-स्वरूप दिया करता था) जैसी शौक की चीज़ें भी ले सकता था। वह छोटे कद का साफ-सुथरा आदमी था और कुछ गंजा था। वह कानों के नीचे थोड़ी-सी लाल दाढ़ी रखता था और विनीत होने के साथ ही व्यवहारकुशल भी था। वह हमेशा लोगों का काम कर दिया करता था। कभी वह चन्दे की कापी लेकर चन्दा जुटाता होता, तो कभी किसी लोकप्रिय नाटक के टिकट खरीदने के लिए सुबह से जाड़े में परेशान लाइन में खड़ा होकर किसी परिचित महिला मित्र के लिए टिकट ले देता या किसी के लिए माला या गुलदस्ते खरीदने के लिए तेज़ी से भागता हुआ दिखायी देता। वह प्रायः अलग-अलग व्यक्तियों से मिले आदेशों में घपले

करता रहता था, फिर भी लोग उसे बार-बार इस तरह के काम करने के लिए कहते रहते। अकसर लोग उसे पैसे देना भी भूल जाते, लेकिन वह कभी शिकायत न करता। वह कभी भी प्रसन्नता या नाराज़गी को व्यक्त नहीं करता था। वह बड़ी ऊबाऊ और देर तक खिचनेवाली बातें करता। लोग उसके मज़ाकों पर इसलिए हँसते कि उनमें कोई भी हँसने की बात नहीं होती थी। उसने एक बार प्योत्र से कहा, "प्योत्र, तुम तो दुलकी चाल चलते हो!" इस पर सब लोग हंस पड़े। वह अपने को चतुर समझकर बहुत प्रसन्न हो उठा था।

यार्त्सेव और किश प्रायः शाम की चाय के समय आते थे। अगर मेज़बान कहीं बाहर जानेवाले न हुए, तो रात के खाने के समय तक चाय चलती रहती। फरवरी के महीने में एक शाम को जब वे खाने के कमरे में बैठे हुए थे, तो बात कला पर चल पड़ी।

कोस्त्या यार्त्सेव की तरफ देखते हुए कह रहा था, "कलातमक रचना का मूल्य तभी है, जब वह किसी गम्भीर सामाजिक समस्या का निदान करती है। ऐसी कलात्मक रचना, जो ज़मींदारी-प्रथा के विरुद्ध प्रतिरोध व्यक्त करती है या ऊँचे वर्ग के प्रति लेखक की घृणा व्यक्त करती है, वह महत्त्वपूर्ण और मूल्यवान है। लेकिन ऐसे उपन्यास, जो ओह और आह, या ऐसी कहानियाँ, जिनमें 'वह' 'उसके' प्यार में फँस जाता है और 'वह' 'उसके' प्यार से मुक्त हो जाता है; मैं कहता हूँ कि ऐसी पुस्तकें एकदम बेकार हैं और उनकी निन्दा होनी चाहिए।"

"मैं तुमसे एकदम सहमत हूँ, कोस्त्या," यूलिया सरजीविना ने कहा, "एक लेखक प्रेमियों के मिलन का वर्णन करता है, दूसरा उनमें अविश्वास की बात लिखता है और तीसरा उनके फिर से मिलन की कथा कहता है; इसके अलावा कुछ और लिखने के लिए है ही नहीं क्या? कितने ही बीमार, दुखी और गरीबी के मारे लोग हैं, जिनके मन में ऐसी चीज़ों पर विद्रोह ज़रूर पैदा होगा।"

लेपतेव को अपनी पत्नी की बातें पसन्द नहीं थीं। वह कम उम्र की औरत

थी। अभी २२ वर्ष की भी नहीं हो पायी थी और प्यार के बारे में इतने ठण्डे दिल और बौद्धिकता से बातें करती थी! वह सोचता था कि ऐसा क्यों है।

"लेकिन अगर कविता उन समस्याओं का समाधान नहीं दे पाती, जो आपके लिए इतनी महत्त्वपूर्ण हैं, तो फिर उपयोगी साहित्य की ओर क्यों न लौट जाये? कानून और वित्त पर पुस्तकें क्यों न हों या वैज्ञानिक लेख ही क्यों न लिखे जायें?" यार्त्सेव ने कहा, "रोमियो और जूलियट के प्रेम की जगह अध्ययन की स्वाधीनता या जेलों के शुद्धीकरण के ऊपर क्यों न लिखा जाये, जब इस विषय पर वह सब तुम किसी विशेष लेख या उल्लेख्य सामग्री में ही पा सकते हो?"

"अब तुम दूसरे छोर पर जा रहे हो," कोस्त्या ने बीच में ही रोका। "हम लोग शेक्सपियर या गोथे जैसे महान लेखकों की बात नहीं कर रहे हैं। हमारा मतलब है, उन सैकड़ों प्रतिभावान सम्पन्न औसत लेखकों से, जो सिर्फ प्यार के विषय को छोड़ देने से अच्छा लिख सकते हैं, बशर्ते कि वे जनता तक ज्ञान और मानवीय आदर्श पहुँचाने का काम करें।"

किश हकलाकर नाक में बोलते हुए एक कहानी सुनाने लगा, जो उसने हाल ही में पढ़ी थी। उसने उसको जान-बूझकर धीरे-धीरे और विस्तार से सुनाया। दस मिनट बीत गये, पर वह कहानी सुनाता ही जा रहा था और कोई उसकी बात नहीं समझ रहा था कि यह सब किस चीज़ के बारे में है। वह जितना बोलता था, उतना ही उसके बोलने का ढंग शुष्क और ऊबाऊ होता जाता था।

यूलिया सरजीविना ने बेसब्र होकर चिल्लाकर कहा, "किश, जल्दी खत्म करो अपनी कहानी! तुमने तो हम लोगों को परेशान कर दिया!"

"बन्द करो, किश!" कोस्त्या चिल्लाया।

सब लोगों के साथ किश भी हँस पड़ा।

इसी समय फ़्योदोर आया। उसके चेहरे पर लालिमा के दाग उभरे हुए थे। उसने जल्दी से सबसे हाथ मिलाया और अपने भाई को अलग कमरे में ले गया। इधर वह ज़्यादा लोगों के जमघट को नापसन्द करने लगा था।

"कम उम्र के लोगों को आपस में आनन्द लेने दो ! हम-तुम यहाँ शान्तिपूर्वक बैठकर आपस में कुछ अच्छी बातें करेंगे," उसने कहा और रोशनी से हटकर आरामकुरसी में बैठ गया, "हाँ, बुजुर्ग बच्चे ! मैं तुमसे बहुत दिनों से नहीं मिला । मालगोदाम गये तुम्हें कितने दिन हुए ? एक सप्ताह से ज़्यादा ? ठीक है, न ?"

"मेरे लिए वहाँ काम ही क्या है ? इसके अलावा मैं स्वीकार करता हूँ कि बुढ़ऊ के कारण परेशानी से मैं तो बेज़ार हो जाता हूँ ।"

"इसमें सन्देह नहीं कि मालगोदाम का अच्छी तरह इन्तजाम हमारे बगैर भी हो सकता है, लेकिन तुम्हें कुछ तो करना ही चाहिए । अपनी आँख के इशारे पर क्या तुम अपनी रोटी खा सकते हो ? तुम जानते हो कि ईश्वर उन्हीं को प्यार करता है, जो परिश्रम करते हैं ।"

प्योत्र ट्रे में एक गिलास चाय ले आया । फ़्योदोर ने उसे बिला चीनी के पी लिया और एक गिलास और माँगा । चाय वह हमेशा बहुत ज़्यादा पीता है । कभी-कभी तो एक ही शाम में दस-दस गिलास पी जाता है ।

"देखो, अलेक्सी," उसने उठकर अपने भाई के पास जाते हुए कहा, "तुम शहर के द्यूमा (विधानसभा) के लिए क्यों नहीं खड़े होते ? धीरे-धीरे हम तुम्हें काउंसिल का सदस्य बना देंगे और फिर बाद को नगर-उपप्रमुख । तुम प्रतिभाशाली और सुशिक्षित व्यक्ति हो । तुम्हारी ओर लोगों का ध्यान ज़रूर जायेगा और हो सकता है तुम्हें पीतर्सबर्ग भी बुला लिया जाये । देहाती और शहरी नेताओं का आजकल वहाँ बहुत चलन है और कौन जानता है, पचास से पहले ही तुम अपने कन्धे पर एक फीता पहनो और महासभा के सदस्य हो जाओ ।"

लेपतेव ने कुछ भी नहीं कहा । वह जानता था कि फ़्योदोर सभी चीज़ें स्वयं अपने लिए चाहता है, लेकिन उसकी समझ में नहीं आता कि यह बात वह कैसे कहे ।

दोनों भाई चुपचाप बैठे रहे । फ़्योदोर ने अपनी घड़ी निकाली और उसे खोलकर एकटक बहुत देर तक उसे देखता रहा, जैसे वह सुइयों की चाल पकड़ना चाहता हो । उसका यह रूप लेपतेव को बहुत विचित्र लगा ।

रात के खाने की बुलाहट हुई। लेपतेव खाने के कमरे में चला गया, लेकिन फ़्योदोर वहीं बैठा रहा। खाते समय कोई बहस नहीं हुई। यार्त्सेव विश्वविद्यालय के प्राध्यापकों के-से स्वर में बोलता रहा, "जलवायु, शक्ति, रुचि और उम्र की विभिन्नता के कारण समानता भौतिक रूप से असम्भव है, लेकिन एक सुसभ्य आदमी इस असमानता को खतरे से हीन कर सकता है, जैसे उसने कच्छ और भालू के साथ किया है। हम सभी उस वैज्ञानिक के बारे में जानते हैं, जिसने एक बिल्ली, एक चूहे, एक बाज़ और गौरैया को एक ही प्लेट में खाने की शिक्षा दी। मेरा ख्याल है कि आदमी के साथ भी शिक्षा वही करेगी। जीवन हमेशा विकसित होता है। संस्कृति का अत्यधिक विकास हो रहा है और इसमें सन्देह नहीं कि एक ऐसा भी समय आयेगा, जब उदाहरण के लिए आज के फैक्टरी मजदूर की स्थिति उसी प्रकार बेकार हो जायेगी, जैसी आज ज़मींदार की है, जबकि किसानों की लड़कियाँ कुत्तों से बदली जाने लगेंगी।"

"इसके आने में बहुत समय लगेगा," कोस्त्या ने कुछ मुस्कराकर कहा, "इसके बहुत पहले कि रोथ्सचाइल्ड (फ्रांसीसी बैंकर) अपनी सोने की तिजोरियों को बेकार की समझे। इस बीच मज़दूर अपनी कमर झुकाये भूखों मर जायेंगे। नहीं जनाब, इससे काम नहीं चलने का। हमें इन्तज़ार नहीं करना चाहिए। हमें लड़ना चाहिए। अगर एक बिल्ली उसी प्लेट में खाती है, जिससे चूहा खाता है, तो आप क्या समझते हैं कि उसने अपने रास्ते की गलतियाँ समझ ली हैं? ऐसी कोई बात नहीं है। ऐसा इसीलिए है कि उसे ऐसा करने के लिए लाचार कर दिया गया है।"

"मैं और फ़्योदोर धनवान हैं। मेरे पिता पूँजीपति हैं, लखपति! इसलिए लोगों को हमसे लड़ना चाहिए," लेपतेव अपने माथे को रगड़ते हुए बोला, "मुझसे लड़ना मेरी समझ में नहीं आता। मैं धनी हूँ, ठीक है। लेकिन हमने उस धन से क्या पाया है? मैंने उस शक्ति से क्या अर्जित किया है? क्या मैं किसी तरह तुम लोगों से अधिक सुखी हूँ? मेरा बचपन पूरी तौर पर गुलामी का था और मेरे धन ने मुझे बेंत खाने से कभी नहीं बचाया। जब नीना बीमार थी और मर रही थी,

तब भी मेरे धन ने उसकी रक्षा नहीं की। अगर मुझे कोई प्यार नहीं करता, तो मैं लाखों रुपये खर्च करके भी उसे अपने को प्यार करने के लिए मजबूर नहीं कर सकता।"

"लेकिन आप अधिक-से-अधिक भलाई तो कर सकते हैं," किश ने कहा।

"बेमानी! तुम्हीं ने एक गणितज्ञ को एक जगह दिलाने में मदद करने को कहा था। विश्वास करो कि मैं भी उसी तरह उसके लिए कुछ नहीं कर सकता कि जिस तरह तुम। मैं उसे पैसा दे सकता हूँ, लेकिन सिर्फ इतना ही वह नहीं चाहता। एक बार मैंने एक प्रसिद्ध संगीतज्ञ से एक गरीब वायलिन बजानेवाले को काम दिलाने के लिए कहा, तो उसने उत्तर दिया, 'अगर आप संगीतज्ञ होते, तो मुझसे यह कभी न कहते।' यही मैं तुमसे कहता हूँ। अगर तुम भी मेरी तरह एक धनी आदमी के वारिस होते, तो कभी भी इतने विश्वास के साथ मेरे पास सहायता के लिए न आते।"

"मैं यह बात बिल्कुल नहीं समझ सकी," यूलिया ने कहा और शर्म से लाल पड़ गयी, "इससे प्रसिद्ध गायक से क्या मतलब?"

उसका चेहरा घृणा से काँपने लगा और इसे छिपाने के लिए उसने जल्दी से आँखें नीची कर लीं। लेकिन मेज़ पर बैठे उसके पति और अन्य लोगों में से कोई भी ऐसा नहीं था, जिसने इसको भाँप न लिया हो।

"प्रसिद्ध गायक का इससे क्या सरोकार?" उसने धीमे स्वर में दुहराया, "गरीब आदमी की मदद करना सबसे आसान काम है।"

एक खामोशी छा गयी। प्योत्र ने चिड़िया का मांस परोसा, लेकिन किसी ने सलाद के अलावा कुछ भी नहीं छुआ। लेपतेव अब तक भूल चुका था कि उसने क्या कहा था और उसका कोई महत्त्व भी नहीं था। उसे मालूम था कि उसके शब्द नहीं, बल्कि उसका बोलना ही यूलिया के लिए घृणा का कारण बन गया था।

खाने के बाद वह अपने पढ़ने के कमरे में चला गया और वहीं बैठा

रहा। खाने के कमरे की बातें गहरे तनाव के साथ सुनते हुए उसका दिल ज़ोरों से धड़क रहा था। वह कुछ और भी अपमान की अपेक्षा कर रहा था। वे लोग फिर बहस करने लगे थे। इसके बाद यार्त्सेव ने पियानो पर बैठकर एक भावुकता से भरा हुआ गाना सुनाया। वह बहुमुखी प्रतिभा का आदमी था। वह गाना गाने के साथ ही पियानो भी बजा सकता था। यहाँ तक कि वह हाथ की सफाई दिखाने में भी निपुण था।

"आप लोगों के बारे में तो मैं नहीं जानती, लेकिन मेरे मन में इस समय घर रुकने की इच्छा नहीं है," यूलिया ने कहा, "आइए, कहीं चला जाये!"

उन्होंने सवारी से शहर के बाहर जाने का निश्चय किया और किश को भेजा कि वह मरचेंट क्लब से तीन घोड़े की गाड़ी लाये। उन्होंने लेपतेव से साथ चलने के लिए भी नहीं कहा, क्योंकि वह प्राय: शहर के बाहर घूमने कभी नहीं जाता था और इसलिए भी कि इस समय उसका भाई उसके साथ बैठा हुआ था। लेकिन लेपतेव ने इसे इस बात का संकेत माना कि वह उन लोगों के लिए अत्यधिक मनहूस है और इन कम उम्र खुशदिल लोगों की मण्डली में उसकी कोई जगह नहीं है। उसने इसे इतने तीखेपन से महसूस किया कि वह इस पर रो पड़ने की सीमा तक जा सकता था। यहाँ तक कि वह खुश भी था कि उन लोगों ने उसके साथ बुरा बर्ताव किया है और उसकी उपेक्षा की है, क्योंकि वह एक दिलचस्प पति होने की जगह मिट्टी का लोंदा है—रुपयों की एक सड़ियल थैली मात्र! वह सोचने लगा कि यह और भी अच्छा होता कि उसकी बीवी उसके प्रति वफादार न रहती। वह उसी रात को अपने सबसे प्यारे दोस्त के साथ भाग जाती और बाद को घृणा से भरी दृष्टि के साथ स्वीकार करती कि···। वह उन सबसे ईर्ष्या करता था, उसके विद्यार्थी मित्रों से, अभिनेताओं से, गायकों से, यार्त्सेव से और यहाँ तक कि हर पास से गुज़रनेवाले से। वह कितना चाहता है कि वह बेवफ़ा हो जाये जिससे वह उसे किसी के साथ पकड़ ले और ज़हर खाकर इस दु:स्वप्न को हमेशा के लिए समाप्त कर दे।

फ़्योदोर ज़ोर-ज़ोर से चाय की चुस्की लेते हुए बैठा था, लेकिन अन्त

में वह भी जाने के लिए उठ खड़ा हुआ। उसने अपना कोट पहनते हुए कहा, "मुझे लगता है कि बुढ़ऊ की आँख की रोशनी धीरे-धीरे कम हो रही है।"

लेपतेव ने भी कोट पहना और बाहर निकल पड़ा। फ़्योदोर त्रास्नाय-बुलेवार तक लेपतेव के साथ गया और फिर एक किराये की गाड़ी लेकर घर चला गया।

"इसी को लोग विवाह का सुख कहते हैं!" उसने अपने ही को चिढ़ाया, "प्यार···सचमुच!"

या तो ईर्ष्या के कारण या किसी अन्य कारण से उसके दाँत किट-किटा रहे थे—किस कारण, यह वह समझ नहीं पाया। रेस्तराँ में पहुँचकर मेज़ों की बगल से इधर-उधर घूमता हुआ बड़े कमरे में गायकों को सुनता रहा और इस बात पर अचम्भा करता रहा कि अगर उसकी पत्नी और उसके दोस्तों से उसकी एकाएक मुलाकात हो गयी, तो वह क्या कहेगा। वह पहले से ही जानता था कि वह दयनीयता और बेवकूफी से मुस्करा देगा और सभी लोग जान जायेंगे कि वह क्यों आया है। तेज़ रोशनी की चमक, ज़ोर के संगीत-स्वर, चेहरों के पाउडर की गन्ध और स्त्रियों के उसकी ओर घूरकर देखने के कारण उसे बेहोशी-सी आने लगी। वह दरवाज़े में ही रुक गया, यह सुनने और देखने के लिए कि व्यक्तिगत बैठक-वाली कोठरियों में क्या हो रहा। उसे महसूस हो रहा था कि वह, ये औरतें और गायक—सभी मिलकर घृणा का कोई खेल खेल रहे हैं। थोड़ी देर बाद वह सवारी से स्त्रेला आया, लेकिन उसकी बीवी वहाँ भी नहीं थी। फिर जब वह लौटकर घर पहुँच रहा था कि एक शोर मचाती हुई तीन घोड़ों की गाड़ी ने उसे अपनी ओर आकर्षित कर लिया, जिसके शराबी ड्राइवर की तेज़ पुकार के ऊपर यार्त्सेव की हो···हो···नहीं सुनायी पड़ रही थी।

चार बजे के करीब वह घर पहुँचा था। यूलिया सरजीविना बिस्तर पर पहले से लेटी हुई थी। यह देखकर कि वह अभी सोयी नहीं है, वह उसके बिस्तर के पास गया और तीखेपन के साथ बोला, "मैं तुम्हारी परेशानी और घृणा समझ रहा, लेकिन कम-से-कम अपरिचितों के सामने

तो मुझे तुम इससे बख्शे रह सकती थीं !"

यूलिया उठ बैठी और उसने अपने पैर बिस्तर से नीचे लटका लिये। प्रतिमावाले चिराग की रोशनी में उसकी काली आँखें और भी बड़ी हो उठीं।

"मुझे इस बात का बड़ा दुख है," उसने कहा।

वह चुप रहा। उत्तेजना इतनी अधिक थी कि वह कुछ भी बोल नहीं सकता था। यूलिया भी अपराधी की तरह उसके सामने बैठी काँप रही थी।

"यह घोर प्रतारणा है। मैं इसे सहन नहीं कर सकता," उसने कसकर अपना माथा दबोच लिया, "मुझे लगता है, मैं पागल हो रहा हूँ।"

"क्या तुम समझते हो कि मेरे लिए यह सहज था ? सिर्फ ईश्वर ही जानता है कि मैं इसे किस कदर महसूस कर रही हूँ !"

"तुम करीब छः महीने से मेरी पत्नी हो, लेकिन तुम्हारे दिल में प्यार की एक नन्ही-सी चिनगारी भी नहीं है, ज़रा भी चमक नहीं। मुझसे तुमने शादी ही क्यों की ?" लेपतेव हताश होकर बोलता गया, "क्यों ? किस राक्षस ने तुम्हें मेरी बाँहों में डाल दिया ? तुम किस आशा में हो ? तुम क्या चाहती हो ?"

वह भयग्रस्त होकर लेपतेव की ओर लगातार देखती रही। उसे डर लगा कि कहीं वह उसे मार न डाले।

"तुमने कभी मेरी परवाह की ? तुमने मुझे प्यार किया ?" वह ज़ोर-ज़ोर से साँस लेता रहा। "नहीं ! अब फिर क्यों ?···किसलिए, बोलो !" वह चिल्लाया, "वही अभिशप्त धन···शापग्रस्त पूँजी···?"

"मैं ईश्वर की कसम खाती हूँ, यह वह नहीं है," वह ज़ोर से चीखी और अपने चारों ओर क्रास का संकेत किया। इस अपमान से उसे गहरा धक्का लगा और पहली बार लेपतेव ने उसे रोते हुए सुना, "मैं ईश्वर की कसम खाती हूँ···यह गलत है," उसने अपनी बात दुहरायी, "मैंने कभी तुम्हारे धन के बारे में नहीं सोचा। मैं उसे नहीं चाहती। मैंने सिर्फ इतना सोचा था कि अगर मैं तुमसे इन्कार करूँगी, तो वह गलत होगा। मुझे डर था कि कहीं हम लोगों की ज़िन्दगी चौपट न हो जाये। अब मैं

अपनी गलती का नतीजा भुगत रही हूँ। मैं इसे बरदाश्त नहीं कर सकती।"

वह फूट-फूटकर रोने लगी। लेपतेव को लगा कि उसने अपार कष्ट झेला है। वह कुछ भी कह नहीं पाया और यूलिया के सामने घुटनों के बल गिर पड़ा।

"मत रोओ! नहीं-नहीं!" उसने धीरे से कहा, "मैंने तुम्हारा अपमान इसलिए किया है कि मैं तुम्हें पागलों की तरह प्यार करता हूँ," उसने उसके पैरों को चूम लिया और गहरे आवेश में उसे सीने में भींच लिया। "मैं प्रेम की एक चिनगारी-मात्र चाहता हूँ," वह फुसफुसाया, "कृपया मेरे पास लेट जाओ···लेट जाओ! अब यह न कहो कि हमारी शादी एक गलती थी!"

लेकिन वह रोती रही। लेपतेव ने देखा कि उसके सारे प्रेम-स्पर्शों को वह अपनी गलती के लिए दण्ड मानकर भोग रही थी। उसने उस पैर को झटके के साथ खींचकर चिड़िया की तरह सिकोड़ लिया, जिसे उसने चूमा था। सहसा लेपतेव को यूलिया के लिए दुख होने लगा।

यूलिया ने लेटकर ओढ़ने से अपने को ढँक लिया। लेपतेव ने भी कपड़ा उतारा और उसकी बगल में सो गया। सुबह दोनों पशोपेश में थे और समझ नहीं पाते थे कि क्या कहें, यहाँ तक कि उस पैर पर वह कम भार देकर चलती थी, जिसे उसने रात को चूमा था।

खाने के पहले पेनोरोव विदाई लेने आया। यूलिया के मन में अपने कसबे जाने के लिए गहरी इच्छा पैदा हो गयी थी। वह सोचती रही कि इस निरन्तर की गलती की भावना और भौंड़ी परिस्थिति से दूर भाग जाना कितना अच्छा होगा? खाते समय यह तय हुआ कि वह पेनोरोव के साथ दो या तीन सप्ताह के लिए अपने पिता के पास चली जायेगी।

दस

यूलिया सरजीविना और पेनोरोव ने अपने लिए गाड़ी का एक अलग डिब्बा सुरक्षित करा रखा था। पेनोरोव ने बकरे की खाल की एक विचित्र-सी बनावटवाली टोपी पहन रखी थी।

"मैं सेंत पीतर्सबर्ग से बिल्कुल सन्तुष्ट नहीं हूँ," उसने लम्बी साँस लेते हुए कहा, "मुझे बहुत-से आश्वासन मिले थे, लेकिन कोई भी निश्चित नहीं है। मैं मजिस्ट्रेट रह चुका हूँ। मैं गाँव-अदालत का स्थायी सदस्य और सभापति हूँ और गवर्नर की काउंसिल का सदस्य हूँ। मैंने अपने देश की बहुत अच्छी तरह सेवा की है और मैं विश्वास करता हूँ कि मेरी स्थिति पर विशेष रूप से विचार किया जाना चाहिए। इतने पर भी तुम देखो कि एक दूसरे शहर में मैं अपना तबादला नहीं करा सकता!"

उसने अपनी आँखें बन्द करके अपना सिर हिलाया।

"मेरी प्रशंसा नहीं होती," वह उदासीन मन से बोलता रहा, "यह सच है कि मैं प्रतिभासम्पन्न प्रशासक नहीं हूँ, लेकिन मैं ईमानदार और समझदार आदमी हूँ और ये गुण आजकल मुश्किल से प्राप्त होते हैं। मैं स्वीकार करता हूँ कि स्त्रियों के प्रति मैं वफादार नहीं हूँ, लेकिन रूसी सरकार से सम्बन्धों में मैं हमेशा भला, बल्कि उससे भी आगे बढ़ा हुआ, आदमी रहा," उसने आँख खोलते हुए कहा, "आओ, अब तुम्हारे बारे में बातें करें···इतनी जल्दी अपने पिता के घर जाने का कारण क्या है?"

"बस, थोड़ी-सी आपसी नासमझी," यूलिया ने उसकी टोपी की तरफ देखते हुए कहा।

"हाँ, वह है भी कुछ विचित्र। और वही क्यों, सभी लेपतेवों के साथ यही बात है। तुम्हारा पति उतना बुरा नहीं है, लेकिन उसका भाई फ़्योदोर तो पूरा मूर्ख है।"

यूलिया चुप रही।

पेनोरोव ने ज़ोर से साँस लेकर दिली तौर पर पूछा, "क्या तुम्हारा

कोई प्रेमी भी है ?"

यूलिया ने उसकी ओर विस्मय से देखा और हँस पड़ी, "हे ईश्वर ! आपके पास कहने के लिए यही एक बात है !"

११ बजे के करीब वे एक बड़े स्टेशन पर नीचे उतरे और रेस्तराँ में उन्होंने खाना खाया। जब वे फिर डिब्बे में पहुँचे, तो पेनोरोव ने अपना कोट और टोपी उतार दी और यूलिया की बगल में आ बैठा।

"मैं मानता हूँ कि तुम बहुत मीठी हो," उसने कहना शुरू किया, "अगर मैं यह कहूँ कि तुम एक ताज़ी चुनी हुई करारी ककड़ी की तरह हो, जिसमें से अभी भी गरम घर (शीत प्रदेश में पौधे लगाने के लिए शीशे के घर बना लिये जाते हैं) की महक आ रही हो, साथ ही उसमें हल्का नमक और खोये की महक भी मिली हो, तो इस नीरस तुलना के लिए मुझे क्षमा करना। तुम्हारा ढाँचा एक बहुत सुन्दर, प्यारी और चुस्त औरत का है। काश, हम लोग पाँच वर्ष पहले इस तरह साथ-साथ सफर किये होते !" उसने आह भरी, "तब मेरा यह कर्तव्य होता, और इससे मुझे ख़ुशी होती कि मैं भी तुम्हारे प्रशंसकों में एक बनूँ, लेकिन अब, दुख है कि मैं बेकार हो चुका हूँ।"

उसने उदास, लेकिन आकर्षक ढंग से मुस्कराकर अपना हाथ यूलिया की कमर में डाल दिया।

"आप ज़रूर पागल हैं," वह डर से सिकुड़ती और शर्म से लाल पड़ती हुई काँपने लगी। फिर उसने उसी तरह हाँफते हुए कहा, "ग्रिगोरी निकोलाइविच, मुझे छोड़ दीजिए !"

"तुम्हें किस बात का डर है मेरी प्यारी !" उसने कोमलता से कहा, "बस, तुम्हें आदत नहीं पड़ी है !"

जब कोई औरत उसके प्रेम-निवेदन को अस्वीकार करने लगती है, तो वह इसे अपनी विजय का निश्चित चिह्न समझता है। यूलिया की कमर को मज़बूती के साथ पकड़े हुए उसने उसके गालों को, फिर होंठों को इस विश्वास के साथ चूमा कि वह उसे दुनिया का सबसे बड़ा आनन्द दे रहा है। यूलिया उलझन और डर से राहत पाते ही हँसने लगी।

"यही सब कुछ है, जो तुम एक पुंसत्वहीन मर्द से पा सकती हो,"

उसने उसे एक बार और चूमकर अपनी हास्यजनक टोपी पहनते हुए कहा, "कभी तुर्की में एक पाशा था—एक बहुत ही अच्छा बूढ़ा आदमी। उसे एक पूरा ज़नानखाना उपहार में मिला या उसने इसे पैतृक सम्पत्ति के रूप में पाया—मैं कह नहीं सकता कि कैसे। जब उसकी प्यारी, जवान बीवियाँ एक कतार में खड़ी हुईं, तो वह कतार के पास गया और क्रम से एक-एक को उसने चूमा और कहा, 'बस, सिर्फ इतना ही मैं तुम्हें इस समय दे सकता हूँ।' बस, वही मैं भी कहता हूँ!"

यह सब यूलिया को बहुत ही बेवकूफी से भरा हुआ और अजीब लगा, लेकिन इससे उसका मनोरंजन ज़रूर हुआ। उसका भी खुराफात करने को मन हुआ। वह ऊपर की सीट पर चढ़ गयी और धीरे-धीरे गुनगुनाते हुए अपने बक्स से एक मिठाई का डिब्बा निकाला और पेनोरोव की ओर एक चॉकलेट फेंकते हुए बोली, "लो!"

उसने उसे लोक लिया। दूसरी चॉकलेट फेंकते हुए वह प्रसन्नता से हँसी, फिर तीसरी। वह सभी को लोकता गया और उसकी ओर और भी चाहने की मुद्रा में देखते हुए मिठाइयों को निगलता रहा। यूलिया यह सोचे बग़ैर नहीं रह सकी कि उसके चेहरे और व्यवहार में कुछ आकर्षक और बच्चों का-सा है। जब वह नीचे आकर साँस रोके हुए बैठ गयी और उसकी ओर आनन्द के साथ देखने लगी, तो उसने अपनी उँगलियों से उसका गाल छुआ और उसके भय का मज़ाक बनाते हुए बोला, "क्यों नटखट बच्ची!"

"लो इसे!" यूलिया ने उसे पूरा डिब्बा देते हुए कहा, "मैं मिठाइयाँ पसन्द ही नहीं करती।"

उसने सारी मिठाइयाँ निगल लीं और खाली डिब्बे को अपने सूटकेस में रख लिया। उसके मन में ऐसे डिब्बों के लिए कमज़ोरी है, जिन पर तस्वीरें बनी हों।

"बहुत बेवकूफी हो चुकी," उसने कहा, "अब यह इस नकारे के सोने का समय है।"

उसने अपना सोते समय पहनने का चोगा और तकिया निकाला और अपने को चोगे से ढंककर लेट गया।

"नमस्कार, मेरी प्यारी !" फुसफुसाकर कहा और ऐसी गहरी साँस भरी, मानो उसके सारे शरीर में चुभन हो रही हो।

थोड़ी ही देर बाद उसकी नाक बोलने लगी, यूलिया भी बिना कुछ संकोच महसूस किये लेटकर सो गयी।

दूसरे दिन सुबह जब वह स्टेशन से घर की ओर सवारी में चली, तो उसे शहर की सड़कें जनशून्य लगीं। बर्फ भूरी-भूरी और सारे घर छोटे और बाहर की ओर कुछ खिचे-खिचे लगे। रास्ते में उसे एक जनाज़ा जाता मिला। शव एक टिकटी पर खुली हुई गाड़ी में रखा था और उस पर चर्च के झण्डे लगे थे।

'लोग कहते हैं मुर्दे का मिलना अच्छा शकुन है,' उसने सोचा।

उसने उस मकान पर 'किराये के लिए खाली है' का नोटिस देखा, जिसमें नीना फ़्योदोरोव्ना रहती थी।

दिल की तेज़ धड़कन के साथ वह अपने घर की ओर बढ़ी और उसने घण्टी बजायी। एक नयी नौकरानी ने मकान का दरवाज़ा खोला। वह एक मोटी और सोयी-सोयी-सी आँखोंवाली लड़की थी और उसने गरम जमावदार जैकेट पहन रखा था। जब वह बिना झाड़ू लगी गन्दी सीढ़ियों पर चढ़ने लगी, तो उसे याद आया कि यह वही जगह है, जहाँ लेपतेव ने उससे शादी का प्रस्ताव किया था। ऊपर ठण्डे बरामदे में उसके पिता के मरीज़ भारी-भारी ओवरकोट पहने भीड़ में अपनी बारी का इन्तज़ार कर रहे थे। किन्हीं कारणों से यूलिया का दिल बहुत तेज़ी से धड़कने लगा और वह कमज़ोरी महसूस करने लगी। डाक्टर पहले से अधिक तगड़ा हो गया था। उसका चेहरा ईंट की तरह लाल था और वह बालों में बिना कंघी किये बैठा चाय पी रहा था। वह यूलिया को देखकर खुश हुआ और थोड़ा रो भी पड़ा। इस बूढ़े की ज़िन्दगी में वही एक खुशी थी। भावनाओं के आवेश में उसने गहरे प्यार से उसका स्वागत किया और कहा कि वह अब काफी दिन तक उसके पास रहने के लिए आयी है, कम-से-कम ईस्टर तक के लिए। कपड़े बदलकर यूलिया

खाने के कमरे में चाय पीने ग्रायी, तो डाक्टर जेबों में हाथ ठूँसे इधर-उधर चक्कर काटता रु···रु···की ध्वनि निकालता रहा, जो उसके किसी चीज़ से नाराज़ होने का लक्षण था।

"तुम मास्को में प्रसन्नतापूर्ण जीवन व्यतीत कर रही हो," उसने कहा, "मैं तुम्हारी ग्रोर से बहुत प्रसन्न हूँ। जहाँ तक मेरी बात है, तो मेरे जैसे बूढ़े को ग्रौर क्या चाहिए ? मैं जल्दी ही मृत्यु के मुँह में चला जाऊँगा ग्रौर लोगों को राहत मिलेगी। ग्राश्चर्य की बात तो यह है कि मेरे शरीर का ढाँचा इतना पैशाचिक ग्रौर मज़बूत है कि ग्रब भी जीता जा रहा हूँ, ग्राश्चर्य है !"

उसने कहा कि वह बूढ़ा ग्रौर सख्त काम करनेवाला ऐसा गधा है कि जिस पर हर ग्रादमी चढ़ चुका है। यह वही था, जिसने नीना फ़्योदरोव्ना की चिकित्सा की, उसके बच्चों की देख-भाल की ग्रौर शव-यात्रा का प्रबन्ध किया। उस दम्भी पेनोरोव ने कुछ भी करने से इन्कार कर दिया, यहाँ तक कि उसने उससे सौ रूबल उधार लिये ग्रौर ग्रब तक नहीं लौटाये।

"ग्रच्छा हो कि तुम मुझे मास्को ले चलो ग्रौर किसी पागलखाने में रख दो !" डाक्टर ने कहा, "मैं पागल हूँ, मैं एक भोला-भाला बच्चा हूँ, जो ग्रब भी ग्रच्छाई ग्रौर न्याय में विश्वास करता है।"

फ़िर वह उसके पति के बारे में बातें करने लगा कि वह इतना ग्रदूरदर्शी है कि उसने वे मकान नहीं खरीदे, जो बहुत ही सस्ते बिक रहे थे। यूलिया ग्रब तक यह महसूस करना छोड़ चुकी थी कि ग्रकेली वही इस बूढे ग्रादमी के जीवन की प्रसन्नता है। जब वह ग्रपने मरीज़ों को देखने लगा, तो वह उद्देश्यहीना-सी कमरों में घूमती रही। उसने ग्रपने जन्म के शहर में ग्रौर स्वयं ग्रपने घर में कुछ ग्रदला-बदला-सा महसूस किया। उसके मन में बाहर जाने की या किसी से मिलने की इच्छा ही नहीं पैदा हुई ग्रौर जब उसने लड़कपन के दोस्तों के बारे में तथा शादी के पहले के ग्रपने जीवन के बारे में सोचा, तो उसे कोई दुख या उदासी नहीं महसूस हुई।

शाम को वह ग्रपने सबसे ग्रच्छे कपड़े पहनकर प्रार्थना में गयी।

लेकिन वहाँ सीधी-सादी जनता के अलावा दूसरा कोई नहीं था और उसके बढ़िया कोट ने वहाँ कोई प्रभाव नहीं डाला। उसे ऐसा लगा, जैसे उसके और चर्च दोनों के अन्दर कुछ परिवर्तन हो गया है। वह सन्ध्या-प्रार्थना में धर्मसूत्र के पाठ को कितने प्रेम से सुनती थी। लेकिन अब वह प्रार्थना के समाप्त होने की उद्विग्नता के साथ प्रतीक्षा कर रही थी और चर्च से बाहर आते समय उसके मन में मात्र इतनी इच्छा थी कि भिखमंगे उससे भीख न माँगें तो अच्छा है, नहीं तो उसे रुककर जेबें टटोलनी पड़ेंगी, इसके अलावा अब उसके पास ताँबे के सिक्कों की जगह चाँदी के रूबल ही होते हैं।

वह बहुत जल्दी ही सोने चली गयी, पर बहुत देर तक उसे नींद नहीं आयी और जब उसे नींद आयी, तो उसे स्वप्न में शव-यात्रा का वह जुलूस दिखायी पड़ा, जो उसने सुबह आते हुए देखा था। उसने देखा कि मृतक की खुली हुई पेटी उसके आँगन में लायी गयी है और देर तक आगे-पीछे झूलती रहने के बाद वह ज़ोर से फेंक दी गयी है, जिससे वह एका-एक दरवाज़े से टकरा गयी है। वह जगकर डर के मारे बिस्तर से कूद पड़ी। नीचे दरवाज़े पर कोई दस्तक दे रहा था।

उसने डाक्टर को खाँसते, नौकरानी को नीचे जाते और लौटते देखा। उसके दरवाजे पर भी एक दस्तक हुई।

नौकरानी ने कहा, "श्रीमतीजी···श्रीमतीजी···!"

"क्या है ?" यूलिया ने पूछा।

"आपके लिए तार है।"

यूलिया ने मोमबत्ती ली और बाहर की दहलीज़ में चली गयी। नौकरानी के पीछे डाक्टर अपनी कमीज पर कोट पहने खड़ा था और उसके हाथ में भी एक मोमबत्ती थी।

"घण्टी खराब हो गयी है," उसने जम्हाई लेते हुए कहा, "इसे कबका बन जाना चाहिए था !"

यूलिया ने तार खोला, "हम आपके स्वास्थ्य की कामना करते हैं—यार्त्सेव, कोचोवाई।" उसने पढ़ा।

"कैसी बेवकूफी है !" उसने कहा और हँस पड़ी; लेकिन एकाएक

उसका दिल हल्का और प्रसन्न हो उठा।

अपने कमरे में लौटते हुए उसने धीरे-से हाथ-मुँह धोया और शेष रात्रि में अपना सामान ठीक करती रही। दूसरे दिन दोपहर को वह मास्को के लिए रवाना हो गयी।

ग्यारह

ईस्टर-सप्ताह में एक दिन पूरा लेपतेव-परिवार आर्टस्कूल में चित्रों की एक प्रदर्शिनी देखने गया। मास्को की प्रथा के अनुसार सारा परिवार एक साथ गया। दोनों बच्चियाँ, उनकी नर्सें और कोस्त्या भी साथ गये।

लेपतेव को सारे प्रसिद्ध कलाकारों के नाम मालूम थे और वह कोई भी प्रदर्शिनी देखना नहीं भूलता था। वह कभी-कभी खुद भी, जब गरमियों में देहात जाता था, तो चित्र बनाया करता था और उसका विश्वास था कि उसमें कला के प्रति गहरी रुचि है। अगर उसने कला का अध्ययन किया होता, तो वह अच्छा कलाकार बनता। जब भी वह बाहर जाता, तो पुरानी, संग्रहणीय वस्तुओं की दूकानों में ज़रूर जाता और एक पारखी का दिखावा करते हुए चीजों को देखता, अपनी राय देता और अन्ततः कोई चीज़ खरीद लेता, जिसके लिए दूकानदार मन-माना मूल्य ले लेता और बाद को वह खरीदी हुई वस्तु पैकिंग के डिब्बे में बँधी-बँधायी गाड़ियों की छत में तब तक पड़ी रहती, जब तक कि वह गायब न हो जाती; या वह किसी पुरातत्व का सामान बेचनेवाले के

यहाँ जाता और छपाई या काँसे के सामान को ध्यान से देखता, कलाकारिता की समालोचना करता और कोई छोटा-सा सस्ता चौखटा या रद्दी कागज़ फेंकने की टोकरी खरीद लाता। उसके घर में जो चित्र लगे थे, वे बड़े आकार के और अधिकांश सामान्य थे। जो भी अच्छा चित्र उसके पास था, वह भद्दे ढंग से टँगा रहता था। उसने बहुत-से चित्रों के लिए बहुत ज्यादा पैसा दिया था, लेकिन बाद को पता चला था कि वे सब रद्दी अनुकृति-मात्र थे। यद्यपि वह बहुत-सी चीज़ों के बारे में संकोची था, लेकिन उस कला-प्रदर्शिनी के बारे में वह अतिरिक्त उत्साह और आत्मविश्वास का परिचय दे रहा था।

यूलिया सरजीविना ने अपने पति की तरह एक आँख बन्द करके या मुट्ठियों के सूराख से देखकर चित्रों का परीक्षण किया और तारीफ की कि चित्रों में बनी हुई मनुष्य-आकृतियाँ जीवित-सी नज़र आ रही हैं और पेड़ तो ऐसे लगते हैं, मानो सचमुच के ही हों। सभी चित्रों में उसे समानता दिखायी पड़ी, लेकिन उसका विश्वास था कि कला का मन्तव्य मात्र इस बात में है कि आदमी और दूसरी अन्य वस्तुओं की जो भी आकृतियाँ उसमें बनायी जायें, वे मुट्ठियों से या एक आँख बन्द करके देखने पर सच्ची मालूम हों।

उसके पति ने उसे बताया, "यह शिशकिन का जंगल है।" उसने और कोई संकेत नहीं किया। "उस बर्फ को देखो, बर्फ कभी भी वैसा बैंगनी नहीं होता···उस लड़के का बाँया हाथ दाहिने से छोटा है।"

अन्त में जब उनमें से सभी थककर चूर हो गये और लेपतेव कोस्त्या को लेने बाहर गया, जिससे कि वे लोग घर जा सकें, तो यूलिया एक छोटे चित्र के आगे उसे एक भिन्न स्तर का मानकर रुक गयी।

उस चित्र में एक छोटी-सी नदी थी, जिस पर लकड़ी का पुल बना हुआ था और दूसरी ओर का रास्ता दूर गहरे रंग के कछार में डूबा हुआ था, और चारों ओर रात के समय के जंगल की झालर बनी थी। उसमें जानवर चरानेवालों का एक अलाव भी था और क्षितिज के पास आकाश अब भी धधक रहा था।

यूलिया ने उस पुल और रास्ते पर टहलते हुए आगे और आगे उस

धुन्ध की हल्की रोशनी की ओर बढ़ने की कल्पना की, जहाँ ज़मीन का किनारा सोया हुआ दम तोड़ रहा था, और दूर पर आग की लपटें उठ रही थीं। वे बादल, वह जंगल और घाटी भी बेतुके ढंग से परिचित लगते थे। उसने उन्हें बहुत पहले कई बार देखा था, लेकिन उसके ऊपर एक गहरा अकेलापन छा गया और वह सूर्यास्त की दिशा में दूर तक उस बादल के रहस्यात्मक टुकड़े की ओर उसी रास्ते से जाने की इच्छा से अभिभूत हो गयी।

"क्या ही अद्भुत चित्र है!" वह यह जानकर विस्मित थी कि उसने चित्र को समझ लिया है, "अलेक्सी, देखो, क्या तुम इस चित्र को बिल्कुल महसूस नहीं करते ?"

उसने चित्र को क्यों पसन्द किया, यह समझाने की कोशिश की लेकिन कोस्त्या और उसके पति में से किसी ने कुछ भी नहीं समझा। एक उदास हँसी के साथ, और इस बात से क्षुब्ध होकर भी कि उसमें कोई विशेष बात किसी को नहीं मिली, वह उस चित्र को निहारती रही। वह एक बार लौटकर सभी तसवीरों को दुबारा देखती हुई लौटी। उसका खयाल था कि वे सभी समान नहीं हैं। जब वह घर लौटकर आयी, तो उस बड़े चित्र ने, जो बैठक में पियानो के ऊपर लगा था, उसके ध्यान को पहली बार आकर्षित कर लिया।

"किसी को ऐसे चित्र रखने की इच्छा ही क्यों हो ?" उसने तात्कालिक जुगुप्सा से कहा।

उसके बाद सोने से मढ़ा हुआ सींग, फूलों के कढ़ावबाला वेनीशियन दर्पण और दूसरी तसवीरें, जो पियानो पर टँगी तसवीर की तरह ही थीं और कोस्त्या से उसके पति की कला-सम्बन्धी रुचि की बहस ने उसे विरोध, घुटन और कभी-कभी घृणा तक से भर दिया।

किसी उद्देश्य के अभाव में जीवन रोज़-रोज़ बिना किसी विशेष बात के आगे बढ़ता रहा। थियेटर का मौसम बीत गया और गरमी आ गयी।

एक दिन सुबह लेपतेव-परिवार ज़िला-अदालत में एक मुकदमे में कोस्त्या की सफाई सुनने गया। वे घर से कुछ देर में निकले, इसलिए जिस समय वे कचहरी पहुँचे, वहाँ गवाहों से जिरह हो रही थी। गवाह बहुत सारे थे और वे सभी धोबिनें थीं। उन्होंने कहा कि अभियुक्त हमेशा धुलाई-घर आता था और धोबियों से मिलता था। घटना के दिन वह खूब पीकर रात को देर से कुछ और अधिक पीने के लिए पैसा माँगने आया, लेकिन उसे पैसा देने से इन्कार कर दिया गया। एक घण्टे बाद वह लड़कियों के लिए पिपरमिण्ट और बिस्कुट लेकर फिर लौटा। सभी लोग सारी रात गाते और नाचते रहे। सुबह पता चला कि अल्मारी तोड़ डाली गयी है और तीन मर्दानी कमीजें, एक स्कर्ट और दो चादरें कपड़ों की गड्डी में से चुरा ली गयी हैं। कोस्त्या के चेहरे पर खिल्ली उड़ाने-वाली मुस्कान नाच उठी और उसने पूछा कि उस दिन अभियुक्त द्वारा लायी गयी शराब उनमें से किसी ने पी थी? वह स्पष्टतः यह सिद्ध करने का प्रयत्न कर रहा था कि धोबियों ने खुद कपड़ों को चुराया था। कोस्त्या ने बिना किसी भावावेग के अपनी बातें कहीं और उसकी आँखें लगातार जूरी की ओर लगी रहीं।

उसने छिछोरी और मामूली चोरी का अन्तर स्पष्ट किया। अत्यन्त पिटे-पिटाये पुराने ढंग में वह विस्तार और ईमानदारी से बोलता रहा, फिर भी यह समझना मुश्किल था कि वह किस चीज़ के बारे में बोल रहा है। सिर्फ इतना ही नतीजा कोई जूरी निकाल सकता था कि यह छिछोरी की घटना है, चोरी की नहीं। चूँकि चुराये हुए धुलाई के कपड़े शराब खरीदने के काम में लाये गये, जिसे धोबिनों ने भी पिया, इसलिए अगर चोरी हुई, तो उसे चोरी नहीं कहा जा सकता। लेकिन यह सब वैसा ही हुआ जैसा होना चाहिए था, क्योंकि जूरी और जनता दोनों उसकी वकालत से बहुत प्रभावित मालूम पड़ते थे, जिसे सफलता माना जा सकता था। जब अदालत ने निर्दोष होने का फैसला दिया, तो यूलिया ने कोस्त्या को देखकर सिर हिलाया और बाद को बड़े ज़ोरों से उससे हाथ मिलाया।

मई के महीने में लेपतेव-परिवार सोकोलनिकी के अपने देहाती घर में चला गया। उस समय यूलिया गर्भवती थी।

बारह

करीब एक साल के बाद सोकोलनिकी में वे लोग घास पर बैठे थे। यह जगह यारोस्लावल की रेलवे लाइन से बहुत दूर नहीं थी। कोस्त्या उनसे कुछ दूर सिर के नीचे हाथ लगाये लेटा हुआ था और एकटक आकाश को निहार रहा था। वे टहलते-टहलते थक गये थे और चाय के लिए घर लौटने से पहले ६ बजे की गाड़ी के चले जाने की प्रतीक्षा कर रहे थे।

"माताएँ हमेशा अपने बच्चों को विशिष्ट प्रकार का सोचती हैं और यह स्वाभाविक भी है," यूलिया कह रही थी, "बच्चे की चारपाई की बगल में घण्टों खड़े रहकर उसके नन्हे-नन्हे कान, आँखें और नाक निहार सकती हैं। बेचारियों का खयाल है कि उनके बच्चे को चूमकर लोगों को सबसे बड़े आनन्द की अनुभूति होती है। वे अपने बच्चे के अलावा किसी दूसरी चीज़ के बारे में बात ही नहीं कर सकतीं। मैं माताओं की इस कमज़ोरी को जानती हूँ और अपने को इससे बचाने की भी कोशिश करती हूँ, लेकिन मेरी नन्ही ओल्गा सचमुच सबसे अलग तरह की है। कितना नन्हा-सा चतुराई से भरा हुआ चेहरा है उसका! किस तरह हँसती है! सिर्फ आठ महीने की है, लेकिन मैंने इतनी प्रतिभा-सम्पन्न आँखोंवाला तीन बरस का भी बच्चा नहीं देखा।"

"ऐसे ही पूछ रहा हूँ, लेकिन मुझे एक बात बताइए," यात्सव ने उससे पूछा, "आप अपनी बच्ची और अपने पति में किसे अधिक प्यार करती हैं?"

यूलिया ने अपना कन्धा झटका।

"मैं नहीं जानती," यूलिया ने उत्तर दिया, "मैंने कभी भी अपने पति को बहुत ज़्यादा प्यार नहीं किया। असल में ओल्गा ही मेरा प्यार है। तुम जानते हो कि मैंने जब अलेक्सी से शादी की, तभी उन्हें प्यार नहीं करती थी। तब मैं बहुत बेवकूफ थी। पहले तो मैंने बहुत दुःख झेला, सिर्फ इसलिए कि मैंने अपनी और साथ-साथ उनकी भी ज़िन्दगी नष्ट कर दी है, लेकिन अब मैं समझ गयी हूँ कि प्यार ज़रूरी नहीं, बेमानी है।"

"लेकिन वह कौन-सा बन्धन है, जो बिना प्यार के भी आपको पति से बाँधे हुए है ? ऐसी स्थिति में आप उसके पास रहती ही क्यों हैं ?"

"मैं कह नहीं सकती···शायद आदत ही इसका कारण हो। मैं उनका आदर करती हूँ और जब वह देर तक मुझसे दूर रहते हैं, तो खालीपन भी महसूस करती हूँ, लेकिन इतना ही प्यार नहीं है। वह एक होशियार और चतुर आदमी हैं और मुझे प्रसन्न रहने के लिए इतना काफी है। वह बहुत ही कृपालु और अच्छे हैं···"

"अलेक्सी होशियार है, अलेक्सी दयालु है," कोस्त्या अपना सिर सुस्ती के साथ उठाते हुए धीरे से बोला, "लेकिन मेरी प्यारी बच्ची, किसी को यह पता लगाने के लिए कि वह कितना चतुर और कितना कृपालु है, कम-से-कम डेढ़ मन नमक खाना पड़ेगा। इसके अलावा उसकी अच्छाई और चतुरता से फायदा क्या है ? वह तुम्हें उतना पैसा दे देता है, जितना तुम चाहती हो ! इतना ही वह कर सकता है, लेकिन जब ज़रा-सी सख्ती की ज़रूरत पड़ती है, जब किसी बदमाश और आवारा से काम पड़ता है, तो वह भागकर अपने अन्तर में घुस जाता है। तुम्हारे अलेक्सी की तरह के आदमी बहुत अच्छे होते हैं, लेकिन संघर्ष के लिए वे बेकार होते हैं। मोटे तौर पर वे किसी भी चीज़ के लिए अच्छे नहीं होते।"

आखिर गाड़ी दिखायी पड़ी। चिमनी से निकलती हुई गहरे लाल रंग की भाप जंगल में फैल गयी। उसकी पिछले डिब्बे की दो खिड़कियाँ सूरज की रोशनी में इतनी तेज़ चमक रही थीं कि उनकी ओर देखने में तकलीफ होती थी।

यूलिया सरजीविना ने उठते हुए कहा, "चाय का समय हो गया !"

वह भरी-भरी-सी प्रौढ़ स्त्री की तरह निढाल होकर चल पड़ी।

"बात वही रही ! बिना प्यार के, सबकुछ बुरा है," यार्त्सेव ने उसके पीछे चलते हुए कहा, "हम लोग प्यार के बारे में इतना पढ़ते हैं, इतनी बातें करते हैं, लेकिन स्वयं प्यार बहुत कम करते हैं। यह अच्छी बात नहीं है !"

"वह सब कूड़ा है," यूलिया ने कहा, "प्रसन्नता तो उसे नहीं ही

कहा जा सकता।"

उन्होंने छोटी-सी फुलवाड़ी में बैठकर चाय पी। वहाँ सुगन्धित फूल, बाकू और लिली के पौधे उगे हुए थे और लम्बी पंखुड़ियोंवाली कुमुदनी धीरे-धीरे खिल रही थी। यार्त्सेव और कोचोवाई देख रहे थे कि यूलिया सरजीविना के चेहरे पर सन्तोष की आभा उभर आयी है और वह उससे ज़्यादा कुछ भी नहीं चाहती, जो उसके पास है। उसकी ओर देखने से उन्हें भी दुनिया शान्त और सुखपूर्ण लग रही थी। जो कुछ भी बातें हुईं, वे विषय के अनुरूप और चतुराई से ही की गयी थीं। चीड़ के पेड़ सुन्दर थे और उनसे उड़नेवाली खुशबू रोज़ से अधिक मनोहारी थी, मक्खन का तो क्या कहना था, और साशा बड़ी अच्छी बच्ची थी।

चाय के बाद वे अन्दर गये और यार्त्सेव ने पियानो पर प्रेम का एक गीत गाकर सुनाया। बीच-बीच में यूलिया उठती और अंगूठों के बल चलकर अपनी बच्ची और लीदा को, जो दो दिन से बुखार में निराहार पड़ी थीं, देख आती।

"मेरी प्रिय, मेरी प्राणप्रिय", यार्त्सेव ने गाया। "नहीं, मेरे दोस्त!" उसने अपना सिर ऊपर झिटकते हुए कहा, "जो चाहो, वह कहो, लेकिन मेरी समझ में नहीं आता कि तुम प्रेम के विरुद्ध क्यों हो। अगर मैं दिन-भर पन्द्रह घण्टे काम में व्यस्त नहीं रहता, तो यह निश्चय था कि मैं प्यार करने लगता।"

रात का खाना छज्जे पर लगाया गया। शाम गरम और खामोश थी, फिर भी यूलिया ने अपने को एक शाल से ढँक रखा था और सीलन की शिकायत कर रही थी। जब अँधेरा गाढ़ा हो गया, तो वह बेचैन हो उठी। खुद काँपती रही और अपने मेहमानों को कुछ देर और टहलने के लिए कहती रही। खाने के बाद उसने नौकरों से फ्रांसीसी ब्राण्डी ले आने को कहा। वह बच्चों के साथ अकेली नहीं रहना चाहती थी।

"मैं और मेरे पड़ोसी यहाँ देहात में बच्चों के लिए एक नाटक करने की योजना बना रहे हैं," उसने कहा, "हमारे पास सबकुछ है। एक

थियेटर भी है और ऐक्टर भी हैं, लेकिन कमी है, तो बस एक नाटक की। हमारे पास बारह-चौदह भिन्न-भिन्न प्रकार के नाटक हैं, लेकिन उनमें से एक भी हमारे उपयुक्त नहीं है। तुम तो थियेटर को समझते हो और इतिहास की भी तुम्हारी जानकारी है," उसने यार्त्सेव से कहा, "क्या तुम हमारे लिए एक ऐतिहासिक नाटक लिख सकते हो ?"

"मुझे कोई एतराज़ नहीं है।"

आगन्तुकों ने सारी शराब खत्म कर दी और जाने की तैयारी करने लगे। दस बज चुके थे और देहात के लिए यह काफी देर हो चुकी थी।

"कितना अँधेरा हो गया है ! मुझे तो कुछ दिखायी नहीं पड़ रहा है," यूलिया दरवाज़े पर उन्हें विदा देते हुए बोली, "तुम लोग घर कैसे पहुँचोगे ? कितनी ठण्ड है !"

उसने अपनी शाल अधिक कसकर अपने चारों ओर लपेट ली और घर में लौट आयी।

"मेरा अलेक्सी कहीं ताश खेल रहा होगा !" उसने उनके जाने क बाद पुकारकर कहा, "नमस्कार !"

कमरे की तेज़ रोशनी से एकाएक बाहर जाने के कारण यार्त्सेव और कोस्त्या को कुछ भी दिखायी नहीं पड़ रहा था।

"कम्बख्त कुछ भी तो नहीं सूझता," कोस्त्या ज़ोर से बोला और रुककर आकाश को घूरने लगा, "लेकिन ज़रा तारों को देखो, एकदम नये सिक्कों की तरह चमक रहे हैं !"

अँधेरे से यार्त्सेव की आवाज़ आयी, "क्या कहा ?"

"मैंने कहा गहरा अँधेरा है। तुम कहाँ हो ?"

यार्त्सेव सीटी बजाता हुआ आया और उसने उसका हाथ पकड़ लिया।

"अच्छा, यहाँ हो भले आदमी !" कोस्त्या ज़ोर से चिल्लाया।

"उन्होंने एक समाजवादी को पकड़ लिया है।"

वह पी लेने पर बहुत शोर मचाता, ज़ोर-ज़ोर से चीखता, पुलिस से झगड़ा मोल लेता, गाता और ठहाके लगाता।

धीरे-धीरे उनकी आँखें अँधेरे की आदी हो गयीं और चीड़ के पेड़ों और तार के खम्भों की शक्लें अँधेरे में उभरने लगीं। रह-रहकर मास्को

स्टेशन के यार्ड में कोई इंजन सीटी देता था और तार के तारों से सन्नाहट की आवाज़ आने लगती थी, लेकिन जंगल से कोई आवाज नहीं आती थी और ऐसा लगता, जैसे उस खामोशी में गर्व, दृढ़ता और रहस्य छिपा हुआ है और चीड़ की फुनगियाँ आकाश को छू रही हैं। दोस्तों को रास्ता मिल गया था और वे उस पर मुड़ गये। यहाँ अँधेरा और गहरा था। ऊपर सिर्फ तारों-भरे आसमान और पैरों के धरती पर पड़ने मात्र से वे जान रहे थे कि वे ठीक रास्ते पर चल रहे हैं। वे अगल-बगल चुपचाप बढ़े जा रहे थे और उन्हें लगता था, जैसे अँधेरे में कोई उनकी तरफ बढ़ा आ रहा है। शराब का नशा उतर चला था। यार्त्सेव को लगा, जैसे इन जंगलों में जारों, सामन्तों और पितृवादियों की प्रेतात्माएँ निवास करती हैं। वह इस बात को कोस्त्या से बताना चाहता था, और फिर उसने अपना विचार बदल लिया।

जब तक वे शहर के बाहरी हिस्से के पास पहुँचे, दिन की पहली किरणों का आभास आकाश में उभर चुका था। सस्ते फ्रेम के घरों को पार करके हौली और कबाड़खाने के अहाते को पार करते समय उन्हें सीलन के साथ नींबू के फूलों की मिली-जुली खुशबू मिली और वे एक लम्बी-चौड़ी, एकदम सुनसान काली सड़क पर पहुँच गये। जब वे लाल तालाब पर पहुँचे, तो दिन की रोशनी चारों ओर फैल गयी थी।

"मास्को को अब भी बहुत-से कष्टों से गुज़रना बाकी है," यार्त्सेव ने उस समय कहा जब वे अलेक्सेईव की मठ के पास से गुज़र रहे थे।

"आखिर यह तुम्हारे दिमाग में किस कारण आया?"

"मैं नहीं जानता। मैं मास्को को प्यार करता हूँ।"

यार्त्सेव और कोस्त्या दोनों का जन्म मास्को ही में हुआ था। वे इसे प्यार करते थे और किन्हीं कारणों से दूसरे शहर के लिए गलत धारणाएँ बनाये हुए थे। वे इस बात को मानते थे कि मास्को सबसे अलग तरह का शहर है, और रूस सबसे विशिष्ट प्रकार का देश! क्रीमिया, काकेशस या दूर अन्य प्रदेशों में न उनका मन लगता था, न उन्हें आराम मिलता

था। उनका खयाल था कि मास्को की उदास जलवायु से बढ़कर स्वास्थ्यप्रद और आनन्ददायक कुछ भी नहीं हो सकता। उन दिनों, जब ठण्डी बरसातें खिड़कियों के शीशों पर पड़तीं, शाम जल्दी ही हो जाती और चर्चों तथा घरों की दीवारें कुछ हल्की भूरी पड़ जातीं, आपको यह भी पता नहीं चलता कि कौन-से कपड़े पहनकर बाहर निकलें। लेकिन यह सब उन्हें अतीव उल्लास से भर देता था।

आखिर वे स्टेशन पहुँच गये और उन्होंने एक किराये की गाड़ी कर ली।

डिमीत्रोव्का पर दोनों दोस्त अलग हुए और यार्त्सेव निकित्स्कया स्ट्रीट के अपने निवास-स्थान के लिए गाड़ी में बैठकर चला। वह ऊँघता हुआ इस ओर से उस ओर लुढ़कता रहा और उस नाटक के बारे में सोचता रहा, जो उसे लिखना था। उसे लगा कि एकाएक कोई डरावना शोर, हथियारों की खनखनाहट और किसी अपरिचित भाषा की चीखें, जो शायद कालमुक की थीं, उसके कानों में पड़ रही हैं। उसने एक गाँव को लपटों में घिरा देखा और उसके चारों ओर के गहरे कुहरे में तुर्की के जंगल लपटों के कारण फीके रंग में इतने स्पष्ट दिखलायी पड़े कि हर छोटा देवदार का पेड़ अलग खड़ा हुआ प्रतीत आया। गाँव के बीच में जंगली लोग घोड़े पर सवार और पैदल भागे जा रहे थे। घोड़े और आदमी उसी प्रकार हल्के पिलछहे दीखते थे, जैसे आसमान।

यार्त्सेव ने सोचा, "यह पोलोव्त्सी है।"

उनमें से एक खूँखार और रक्तिम चेहरेवाला बूढ़ा था जिसका शरीर जगह-जगह जला हुआ था। उसने एक सफेद रूसी चेहरेवाली लड़की को घोड़े की ज़ीन से बाँध रखा था।

बूढ़ा भयंकर रूप से चिल्ला रहा था और लड़की उदास और विचार की मुद्रा में उसकी ओर देख रही थी...यार्त्सेव ने अपने को झटका देकर जगा लिया।

"मेरी प्यारी...मेरी प्राणप्रिय !" वह भुनभुनाया।

उसने गाड़ीवाले का किराया चुकाया और सीढ़ी से ऊपर अपने कमरे में चला गया। लेकिन अब भी वह उस स्वप्न से मुक्त नहीं हो

पाया था और गाँव के ऊपर फैली लपटों को देख रहा था। जंगल सुलगता और चिटखता रहा और एक बहुत बड़ा जंगली सूअर डर के मारे पागल होकर गाँव के बीच से होता हुआ भागा···ज़ीन से बँधी हुई लड़की ने भी उसे देखा।

जब वह कमरे में घुसा, तो दिन की तेज़ रोशनी चमक रही थी। मेज़ पर मोमबत्ती जल रही थी। राज़ूदिना काले वस्त्र पहने, हाथों में समाचारपत्र लिये, सोफे पर गहरी निद्रा में सोयी थी। साफ लगता था कि वह बहुत देर से पियानो बजा रही थी और उसका इन्तज़ार करती-करती सो गयी है।

'बेचारी, ज़रूर थक गयी है,' उसने सोचा।

धीरे से उसके हाथों से अखबार लेकर उसने एक कम्बल से ढँक दिया और मोमबत्ती बुझाकर अपने सोने के कमरे में चला गया। बिस्तर में जाते हुए भी उसे ऐतिहासिक नाटक की याद बनी रही और 'मेरी प्यारी, मेरी प्राणप्यारी' का संगीत उसके कानों में गूँजता रहा।

दो दिन के बाद लेपतेव कुछ मिनटों के लिए यह बताने आया कि लीदा को डिपथीरिया हो गया है और यूलिया और बेबी को भी उसकी छूत लग गयी है। फिर पाँच दिन के बाद समाचार मिला कि यूलिया और लीदा अच्छी हो रही हैं, लेकिन बच्ची की मृत्यु हो गयी और लेपतेव उसी समय शहर आ गया।

तेरह

अब लेपतेव के लिए थोड़ी देर भी घर में रहना बरदाश्त के बाहर था। उसकी पत्नी यह बहाना करके कि उसे छोटी बच्चियों को पढ़ाना है, अक्सर मकान के दूसरी तरफ चली जाती थी, लेकिन लेपतेव जानता था कि वह कोस्त्या के कमरे में रोने गयी है। बच्ची की मृत्यु के नवें दिन, बीसवें दिन और चालीसवें दिन अलेक्सीवस्की की क़ब्रगाह में स्मृति-संस्कार के लिए उन्हें जाना पड़ा था और लेपतेव के मन पर उन दिनों के बाद कितने ही दिनों तक शोकाकुलता छायी रही थी। उस अभागे शिशु के अलावा कोई दूसरा विचार ही उसके मन में नहीं आता था और नन्ही-से-नन्ही बात भी उसे अपनी पत्नी को भरोसा देने के लिए कहनी पड़ती थी। अब वह मालगोदाम बहुत कम जाता और हर समय मानव-कल्याण के बारे में सोचता रहता था। अपने लिए विभिन्न प्रकार के काम खोजा करता था। किसी नन्हे-से काम के बहाने वह सारा दिन किसी सवारी में घूमता रह जाता था।

पतझड़ के दिन थे। यूलिया मकान के दूसरी ओर रोने चली गयी थी और लेपतेव अपने पढ़ने के कमरे में सोफे पर लेटा सोच रहा था, कि कहाँ जाये। उसी समय प्योत्र ने राज़ूदिना के आने का समाचार दिया। लेपतेव खुश होकर उठ खड़ा हुआ और आशा के विपरीत आये मेहमान से मिलने के लिए तेज़ी से बढ़ा। उसने उसे ठीक उसी रूप में पाया, जैसे उसने उस अन्तिम साँझ को छोड़ा था।

"पोलीना!" वह अपना हाथ उसकी ओर बढ़ाकर चिल्लाया, "हमें मिले कितने दिन हो गये! तुम कल्पना नहीं कर सकती कि तुमसे मिलकर मैं कितना प्रसन्न हूँ! आओ, अन्दर आ जाओ!"

पोलीना ने अभिवादन में अपना हाथ भी झटका और बिना अपना हैट या कोट उतारे वह कमरे में आकर बैठ गयी।

"मैं तुम्हें कुछ मिनटों से ज़्यादा अपने साथ नहीं रखूँगी," उसने कहा, "मेरे पास तुमसे बात करने के लिए समय नहीं है, कृपा करके

बैठो और मेरी बात सुन लो। तुम मुझसे मिलकर खुश हो या नहीं, यह मेरे लिए बेमानी बात है, क्योंकि मैं पुरुष-वर्ग की महती कृपा को कोई महत्त्व नहीं देती। मैं तुम्हारे पास इसलिए आयी हूँ कि मैं पाँच और जगहों पर जा चुकी हूँ और हर जगह मुझे इन्कार ही मिला है, और मामला बहुत जरूरी है। सुनो," वह उसकी आँखों में देखते हुए कहती गयी, "मेरे पाँच परिचित विद्यार्थी, शायद वे बेवकूफ हैं और पैसा नहीं बचाते, अपनी पढ़ाई की फीस नहीं दे सके हैं और अब निकाले जानेवाले हैं। पर तुम्हारे पास धन है, इसलिए तुम पर बाध्यता है कि तुम तुरन्त यूनिवर्सिटी जाकर उनकी फीस जमा कर दो !"

"खुशी के साथ, पोलीना !"

"उनके नाम ये हैं," राज़ूदिना ने एक कागज़ का टुकड़ा देते हुए कहा, "तुरन्त चले जाओ ! लौटकर अपना परिवारिक सुख भोगना।"

इसी समय दरवाज़े के पीछे एक हल्की सरसराहट की आवाज़ बैठक की ओर जाती हुई सुनायी पड़ी। शायद कोई कुत्ता अपने को खुजला रहा था। राज़ूदिना लाल होकर उछल पड़ी।

"तुम्हारी बीवी छिपकर कान लगाये हुए है," उसने कहा, "उफ़, कितनी ज़लालत की बात है !"

यूलिया की इस बेइज़्ज़ती पर लेपतेव छनछना उठा।

"वह यहाँ नहीं है," उसने कहा, "वह घर के दूसरे हिस्से में है और कृपा करके उसके बारे में ऐसी बातें न करो ! हमारा बच्चा अभी मर गया है और वह बहुत शोकाकुल है।"

राज़ूदिना ने व्यंग्य करते हुए कहा, 'तुम उसे सान्त्वना दे सकते हो। अभी तो एक दर्जन और होंगे। इसमें कोई सन्देह नहीं कि बच्चे देने के लिए दिमाग की ज़रूरत नहीं पड़ती।"

लेपतेव को ऐसी बातें बहुत पहले कितनी ही बार सुनने की याद आयी और क्षण-भर के लिए वह बीते दिनों की मधुर याद में बह गया। वे अविवाहित जीवन के मुक्त दिन थे, जब वह अपने को जवान महसूस करता था और सोचता था कि वह क्या है, जो वह नहीं कर सकता।

उसने देह तोड़ते हुए कहा, "चलो, साथ ही चला जाये !"

राज़ूदिना बाहर इन्तज़ार करती रही और लेपतेव यूनिवर्सिटी के दफ्तर में चला गया।

उसने लौटकर पाँच रसीदें उसे देते हुए कहा, "अब तुम कहाँ जा रही हो?"

"यार्त्सेव के यहाँ!"

"मैं भी तुम्हारे साथ चलूँगा!"

"वह काम कर रहा है, तुम विघ्न ही डालोगे।"

"नहीं, मैं कोई विघ्न नहीं डालूँगा। वादा करता हूँ।" उसने उसकी तरफ देखते हुए अपनी बात मनवाने के स्वर में कहा।

उसने एक काला हैट पहन रखा था, जिसमें क्रेप की कतरनें लगी थीं, जैसे वह किसी शोक में हो और एक छोटा-सा गन्दा कोट भी जिसमें दूर पर जेबें लगी थीं। उसकी नाक हमेशा से लम्बी लग रही थी और कुहरे के बावजूद उसके चेहरे पर एक बूँद खून की भी लाली नहीं दिखायी पड़ती थी। लेपतेव को दबे-दबे उसके पीछे चलने में, उसकी आज्ञा का पालन करने में और उसकी कुढ़न-भरी बातें सुनने में सुख मिलता था। वह पटरी पर इस औरत की भीतरी शक्ति के प्रभाव के कारण चलता रहा, जबकि वह विकर्षक, एकांगी और इतनी बेचैन तबीयत की थी और इतने रद्दी कपड़े पहने हुए थी कि जिन्हें पहना नहीं जा सकता। गन्दे बालों और मामूली रूप के बावजूद उसमें कुछ आकर्षण था।

वे यार्त्सेव के फ्लैट में पिछले दरवाज़े से घुसे, जो रसोई में खुलता था और वहाँ उनकी मुलाकात उसकी रसोईदारिन से हुई। वह एक छोटी-सी साफ-सुथरी सफेद घुँघराले बालोंवाली औरत थी। इन्हें देखकर उसे बड़ी उलझन हुई।

"कृपया इस रास्ते से," उसने मीठी मुस्कान के साथ कहा, जिससे उसका नन्हा चेहरा कचौड़ी की तरह का बन गया।

यार्त्सेव घर में नहीं था। राज़ूदिना सीधे पियानो पर बैठ गयी और लेपतेव को विघ्न न डालने का हुक्म देकर शुष्क और सख्त किस्म की

कभी न समाप्त होनेवाली संगीतमाला का रियाज़ करने लगी। उसने उससे बात करने का प्रयत्न भी नहीं किया और कोने में बैठा यूरोपियन हेराल्ड के पन्ने उलटता रहा। दो घण्टे रियाज़ करने के बाद, जो उसका रोज़ का नियम था, उसने जल्दी से खाना खाया और पढ़ाने चली गयी। लेपतेव ने कुछ उपन्यासों को, जिन्हें पहले से पढ़ रहा था, आगे पढ़ा। फिर चुपचाप देर तक बिना किसी ऊब के बैठा रहा, क्योंकि अब घर जाकर रात का खाना खाने के लिए बहुत देर हो चुकी थी।

हॉल में यार्त्सेव की 'ही-ही' करके हँसने की ज़ोर की आवाज़ सुनायी पड़ी। स्वस्थ, शक्तिसम्पन्न, लाल गालोंवाला यार्त्सेव चमकदार बटनोंवाला नया कोट पहने हुए था। वह हँसता हुआ भीतर आ गया।

दोनों दोस्तों ने साथ-साथ खाना खाया। खाने के बाद लेपतेव सोफे पर लेट गया और यार्त्सेव उसकी बगल में बैठकर सिगरेट पीने लगा। अँधेरा चारों ओर और भी सिमट आया था।

"मैं ज़रूर बूढ़ा हो रहा हूँ," लेपतेव ने कहा, "जबसे मेरी बहन नीना मरी है, मैं प्रायः मृत्यु के बारे में सोचा करता हूँ।"

वे मृत्यु, आत्मा के अमरत्व और फिर से जीवित होकर मंगल या किसी अन्य ग्रह पर उड़कर पहुँच जाने और हमेशा के लिए प्रसन्नतापूर्वक रहने और आतम-जीवन व्यतीत करने के बारे में बातें करते रहे।

"अब भी मैं मरना नहीं चाहता," यार्त्सेव ने कोमलता के साथ कहा, "दुनिया में कोई ऐसा दर्शन नहीं है, जो मृत्यु के विचार के साथ मेरा समझौता करा सके। मैं इसे हर चीज़ का अन्त मानता हूँ और जीना चाहता हूँ।"

"क्या तुम जीवन को प्यार करते हो?"

"हाँ, अवश्य।"

"जहाँ तक मेरा सवाल है, मैं अपने को समझ ही नहीं पाता। मैं अन्धी निराशा और घोर उदासीनता के बीच में टूट चुका हूँ। मैं मरियल हूँ। मुझे अपने ही पर भरोसा नहीं है। मेरी आत्मा कायर है, मुझमें अपने को जीवन के अनुरूप बनाने और अपने भविष्य का निर्माता बनने की योग्यता ही नहीं है। दूसरे लोग बेवकूफ़ी की बातें करते हैं और एक-

दूसरे के प्रति धोखा-धड़ी करके आनन्द पाते हैं, जबकि मैं जान-बूझकर अच्छा काम करने में भी उलझन और उदासीनता महसूस करने लगता हूँ। मेरा खयाल है कि इसका एकमात्र कारण मेरा परिवार और उसमें मेरा पैदा होना है। मेरे-जैसे कितने ही लोग अपनी मुक्ति का उपाय सोचते-सोचते ही मर जायेंगे···"

"यह सब अच्छा ही है, मेरे प्यारे दोस्त!" यार्त्सेव ने कहा और एक लम्बी साँस ली, "यह एक बार और स्पष्ट कर देता है कि रूस का जीवन कितना समृद्ध, विशिष्ट और कितना समृद्धशाली है। मैं हर रोज़ ज्यादा-से-ज्यादा आश्वस्त होता जा रहा हूँ कि हम किसी महान् विजय के किनारे पर हैं और मैं चाहता हूँ कि मुझे इसमें हिस्सा लेने का मौक़ा मिले। मानो या न मानो, मैं विश्वास करता हूँ कि इस समय विकसित होनेवाली पीढ़ी अनोखी है। मैं बच्चों को पढ़ाता हूँ—विशेषतः छोटी बच्चियों को,—तो मैं प्रसन्नता से भर जाता हूँ। अद्भुत बच्चे हैं।"

यार्त्सेव ने पियानो के पास जाकर एक पद पर उँगली मारी।

"मैं एक रसायनशास्त्री हूँ और रसायनशास्त्र के ही अनुरूप सोचता हूँ और रसायनशास्त्री के ही रूप में मरूँगा।" वह कहता गया, "लेकिन मैं अति लोलुप हूँ और पूरा सन्तोष प्राप्त करने के पहले ही मर जाऊँगा। रसायनशास्त्र ही मेरे लिए काफी नहीं है। मैं रूस का इतिहास पढ़ूँगा—विशेषतः कला का इतिहास, शिक्षा, संगीत—सभी कुछ। पिछली गरमी में तुम्हारी बीवी ने एक ऐतिहासिक नाटक लिखने का संकेत किया था और मैं सोचता हूँ कि मैं तीन दिन, तीन रात लगातार जमकर बैठूँ और उसे पूरा कर दूँ। मेरा दिमाग विचारों से इतना भर गया है कि अब वह फटने ही वाला है, यहाँ तक कि मैं उसमें हरकत महसूस करने लगा हूँ। मेरा उद्देश्य साधारण में से एक बनने का नहीं है, न तो मैं महान् रचना की ही उम्मीद करता हूँ। मैं तो सिर्फ जीना चाहता हूँ और उसके लिए स्वप्न देखता हूँ, आशा करता हूँ और कुछ भी उठा नहीं रखता। मेरे प्यारे दोस्त, जिन्दगी बहुत छोटी है, हमें इसका पूरा-पूरा इस्तेमाल कर लेना चाहिए!"

उस दिन की दोस्ताना बातों के बाद, जो रात को बहुत देर तक चलती रहीं, लेपतेव करीब रोज़ ही यार्त्सेव के यहाँ आने लगा। अक्सर वह शाम को आता और सोफे पर लेटकर यार्त्सेव के लौटने का धीरज के साथ इन्तज़ार करता। खाने के बाद यार्त्सेव काम पर बैठ जाता, लेकिन थोड़ी देर बाद ही लेपतेव कोई सवाल कर देता। इसी से बातचीत शुरू हो जाती और काम की सुधि ही भूल जाती और आधी रात गये दोनों दोस्त एक-दूसरे से प्रसन्न होकर अलग होते।

लेकिन यह बहुत दिनों तक नहीं चल सका। एक दिन यार्त्सेव के यहाँ आने पर लेपतेव ने देखा कि राज़ूदिना पियानो पर बैठी रियाज़ कर रही है।

"कृपया मुझे यह बतायें कि इस सबका खात्मा कब होगा ?" उसने पूरे क्रोध के साथ कहा और न तो उसकी ओर मुड़ी, न चूमने के लिए हाथ ही दिया।

"तुम्हारा मतलब क्या है ?" लेपतेव ने क्षुब्ध होकर कहा।

"तुम यहाँ रोज़ आते हो और यार्त्सेव को काम नहीं करने देते। वह कोई रोज़गारी आदमी नहीं, वैज्ञानिक है। उसके जीवन का हर क्षण कीमती है। तुम्हें थोड़ी बुद्धि से काम लेना चाहिए।"

"क्या तुम सचमुच समझती हो कि मैं बाधक हूँ ?" लेपतेव ने विस्मय के साथ दबे-दबे कहा, "तो मैं आना बन्द कर दूँगा।"

"बहुत खूब ! मेहरबानी करके अब चले जाओ, नहीं तो वह आयेगा तो तुम्हें फिर यहीं बैठा हुआ पायेगा।"

जिस स्वर में यह बात कही गयी थी और जिस उपेक्षापूर्ण दृष्टि से उसे देखा गया था, उसने लेपतेव को पूरी तरह अव्यवस्थित कर दिया। उसने देखा कि उसके मन में अब कोई भाव उसके लिए नहीं रह गये हैं। वह सिर्फ इतना चाहती है कि वह चला जाये। यह सब पहले कितनी दूसरी तरह होता था। वह बिना हाथ मिलाये बाहर चला गया। उसे उम्मीद थी कि वह पीछे से बुलाया जायेगा। लेकिन वह तुरन्त अपना अभ्यास करने लगी और जब वह सीढ़ियाँ उतर रहा था, तो उसके दिमाग में यह बात आयी कि वह पहले से ही उसके लिए अपरिचित था।

तीन दिन बाद यार्त्सेव उसके साथ शाम बिताने आया।

"तुम्हें सुनाने के लिए कुछ समाचार मेरे पास हैं," उसने हँसकर कहा, "पोलीना निकोलाइविना मेरे साथ रहने आ गयी है।" धीरे-धीरे यह बात कहते हुए वह कुछ घबराया-सा दिखता था, "हाँ, लेकिन हम एक-दूसरे को प्यार नहीं करते। मैं समझता हूँ इस सबका कोई खास महत्त्व भी नहीं है। मैं तो उसे रहने के लिए एक घर देकर और इस योग्य बनाकर खुश हूँ कि बीमारी की हालत में उसे काम न करना पड़े। उसका खयाल है कि मेरा जीवन उसके साथ रहने पर अधिक व्यवस्थित हो जायेगा और उसके प्रभाव से मैं एक महान वैज्ञानिक बन जाऊँगा। वह यही सब सोचा करती है और उसे सोचने भी देना चाहिए। जैसाकि दक्षिणी लोग कहते हैं, बेवकूफ अपने विचारों में अधिक अमीर होता है। हो···हो···हो···"

लेपतेव ने कुछ भी नहीं कहा। यार्त्सेव कमरे में चक्कर काटने लगा। वह बीच-बीच में रुककर उस तसवीर को देखता, जिसे वह पहले भी कई बार देख चुका था।

"हाँ, मेरे प्यारे दोस्त," उसने लम्बी साँस लेते हुए कहा, "मैं तुमसे तीन वर्ष बड़ा हूँ और अब सच्चे प्यार के बारे में सोचने के लिए काफी देर हो चुकी है। सच तो यह है कि पोलीना-जैसी औरत मेरे लिए ईश्वर की भेजी हुई है और इसमें सन्देह नहीं कि मैं उसके साथ शान्ति-पूर्वक बुढ़ापे तक रह सकूँगा। लेकिन फिर वही बात कहनी है कि मुझे ऐसा महसूस होता है, जैसे मैंने कुछ खो दिया है। दागिस्तान की घाटी में लेटा हुआ मैं महान् बाल-नृत्य की कल्पना किया करता हूँ। अगर दूसरे शब्दों में कहें, तो आदमी जो कुछ भी पाता है, उससे उसे कभी सन्तोष नहीं होता।"

फिर वह बैठक में गया और कुछ प्रेम-गीत गाने लगा, जैसे कुछ हुआ ही न हो और लेपतेव पढ़ने के कमरे में आँखें बन्द किये बैठा रहा और सोचता रहा कि राजूदिना यार्त्सेव के साथ रहने क्यों चली गयी। इसके कारण वह उदास हो उठा कि दृढ़ और हमेशा बने रहनेवाले लगाव-जैसी कोई चीज़ नहीं होती। पोलीना से वह इसलिए नाराज़ हो

उठा कि वह यार्त्सेव के साथ रहने क्यों चली गयी और अपने से इसलिए कि वह अब अपनी पत्नी को पहले-जैसा प्यार नहीं करता ।

चौदह

लेपतेव आरामकुरसी पर बैठा पढ़ रहा था और विचारमन होकर भूल रहा था । यूलिया भी पढ़ रही थी । सुबह से दोनों एक शब्द भी एक-दूसरे से नहीं बोले थे, जैसे उनके पास बात करने के लिए कुछ था ही नहीं । "इसमें क्या अन्तर पड़ता है कि कोई प्रेम के लिए या प्रेम के बगैर बिवाह करता है !" वह बीच-बीच में यूलिया की ओर उसकी पुस्तक के कवर को झाँककर सोचता है । वे दिन कितनी दूर चले गये कि जब वह ईर्ष्यालु था ! वे दिन कितनी चिन्ता और दुःख के थे ! तब से वह बाहर रहा है और अब यात्रा से लौटकर आराम कर रहा है । उसने इंग्लैण्ड को पसन्द किया है और बसन्त में वहाँ लौट जाना चाहता है ।

यूलिया सरजीविना अब तक अपने दुख की आदी हो गयी थी और रोने के लिए बाहर नहीं जाती थी । उस जाड़े में वह न तो फैशन की दुकानों में गयी, न थियेटर या संगीतसभाओं में ही जाकर आनन्द लिया । वह बड़े कमरे पसन्द नहीं करती, इसलिए या तो अपने पति के पढ़ने के कमरे में या अपने कमरे में ही समय गुज़ारती रही, जहाँ उसने दहेज़ में मिला मूर्तिवाला लैंप और कला-प्रदर्शिनी में खरीदा एक चित्र लगा रखा था ।

यह जाड़े का मौसम बड़ा ही सूना था। मास्को का हर आदमी इस मौसम में ताश खेलता था और यदि कोई गाने, पढ़ने, या चित्रों से अपना मनोरंजन करना चाहता, तो वह और भी ऊब जाता। मास्को में प्रतिभाएँ बहुत कम थीं और संगीतज्ञ और वक्ता हर जगह कार्यक्रम देते थे। यहाँ तक कि कला भी सारहीन हो उठी थी और बहुत-से लोगों को थका देनेवाले ऊबाऊ काम-सी लगने लगी थी।

इसके अतिरिक्त हर नया दिन लेपतेव के लिए एक नयी उलझन पैदा कर देता था। फ़्योदोर स्तेपानिच की दृष्टि एकदम क्षीण हो गयी थी। अब वह मालगोदाम भी नहीं जाता था और उसके डाक्टर ने बताया था कि जल्दी ही वह अन्धा हो जायेगा। फ़्योदोर ने भी किसी कारण मालगोदाम जाना बन्द कर दिया था और सारा दिन लिखने में बिता देता था। पेनोरोव एक दूसरे शहर में अपनी बदली कराने में सफल हो गया था और तरक्की पाकर राज्य की काउंसिल का सदस्य हो गया था। वह ड्रेसडेन होटल में रहता था और रोज़ ही पैसा माँगने आया करता था। किश ने अन्ततः यूनिवर्सिटी की परीक्षा पास कर ली थी और इस बात के इन्तज़ार में कि लेपतेव उसे कोई उचित ओहदा दिला देगा, लेपतेव के घर में पड़ा अपनी लम्बी-लम्बी कहानियाँ सुनाया करता था। इस सबके कारण लेपतेव बहुत ही परेशान और चिढ़ा हुआ था और उसका जीवन दुःखमय हो उठा था।

प्योत्र यह बताने के लिए आया कि कोई महिला मालिक से मिलना चाहती हैं। यूलिया सरजीविना थकी-थकी-सी उठी और अपने पैर में झुनझुनी चढ़ जाने के कारण लँगड़ाती हुई बाहर चली गयी। दरवाज़े से एक औरत काले कपड़े पहने आयी। वह दुबली-पतली थी और उसके पीले चेहरे से उसकी काली भौंहें अलग-अलग-सी दिखायी देती थीं।

"लेपतेव महाशय, मेरे नन्हे बच्चों को बचा लीजिए!" उसने हाथों को छाती से चिपकाते हुए कहा।

कंगनों की खनक और पाउडर के इन धब्बों से लेपतेव परिचित था। यह वह स्त्री थी, जिसके घर उसने अपनी शादी के पहले बड़े बेमौके खाना खाया था। पेनोरोव की दूसरी बीवी थी यह।

मेरे नन्हे बच्चों की रक्षा कीजियेगा !" उसने दुहराया। उसका चेहरा काँपा और एकाएक बूढ़ा और दयनीय दिखायी पड़ने लगा और आँखें लाल हो उठीं, "सिर्फ आप ही हमारी रक्षा कर सकते हैं। मैंने अपना आखिरी पैसा मास्को आने में खत्म कर दिया है। मेरे बच्चे भूखों मर जायेंगे !"

ऐसा लगा, जैसे वह अपने घुटनों के बल गिर जायेगी। लेपतेव ने डरकर उसके हाथों को थाम लिया।

"बैठिए, कृपया बैठ जाइए !" उसने उसे एक कुरसी के पास ले जाते हुए धीरे से कहा।

"हमारे पास रोटी तक के लिए पैसा नहीं है," उसने कहा, "ग्रीगोरी निकोलोविच दूसरी जगह एक नये ओहदे पर जा रहे हैं, लेकिन वह मुझे और बच्चों को साथ नहीं ले जाना चाहते। आपने जो भी रुपया कृपा करके भेजा, वह सब उहनेंने अपने ऊपर ही खर्च किया। हम क्या करें ? मेरे गरीब अभागे बच्चे···"

"अपने को सँभालिए ! मैं अपने क्लर्कों को आदेश दूंगा कि वे आपको व्यक्तिगत रूप से रकम पहुँचायें।"

वह जोर-जोर से रो रही थी, लेकिन कुछ देर के लिए शान्त हो गयी। लेपतेव ने देखा कि उसके गालों पर लगे पाउडर पर आँसुओं ने लकीरें बना दी हैं और उसकी मूँछें भी हैं।

"आपकी कृपालुता की कोई सीमा नहीं है, लेपतेव महाशय ! कृपा करके हमारे मसीहा और अभिभावक बन जाइए और ग्रीगोरी निको-लोविच को समझा दीजिए कि वह मुझे न छोड़ें। उनसे कहिए कि वह मुझे अपने साथ ले जायें। मैं उन्हें प्यार करती हूँ, हार्दिक प्यार। सिर्फ वही एक आसरा है मेरे लिए।"

लेपतेव ने उसे सौ रूबल दिये और पेनोरोव से बात करने का वादा किया। वह उठकर दरवाज़े तक पीछे-पीछे गया और लगातार डरता रहा कि कहीं वह फिर रोने न लगे या घुटनों के बल गिर न पड़े।

उसके जाते ही किश आ पहुँचा। उसके बाद कोस्त्या अपना कैमरा लिये आ गया। अभी हाल ही में उसे फोटोग्राफी का शौक हुआ है और घर के हर आदमी की वह दिन में कई बार तसवीरें खींचता रहता है।

उसके इस नये शौक ने उसे बड़ी परेशानी में डाल रखा है और इसके कारण उसका वज़न भी बहुत घट गया है।

चाय के समय के ठीक पहले फ़्योदोर आया। पढ़ने क कमरे क एक कोने में बैठते हुए उसने एक किताब खोल ली और उसी में देर तक घूरता रहा। साफ था कि वह कुछ भी पढ़ नहीं रहा था। जब तक उसका चेहरा लाल नहीं हो गया, वह लगातार चाय पीता रहा। उसकी उपस्थिति लेपतेव के लिए एक दुखपूर्ण उदासी की तरह थी। उस खामोशी भी उसे दुखद लगती थी।

"तुम रुज़िया के रूप में एक नये पत्रकार की उपलब्धि के लिए मुझे बधाई दे सकते हो," फ़्योदोर ने कहा, "मज़ाक की बात नहीं, अलेक्सी, मैंने एक लेख लिखा है। उसे कलम की परीक्षा ही कह सकते हो। मैं तुम्हें दिखाने के लिए उसे साथ ही लाया हूँ। इसे पढ़कर बताओ कि तुम्हारे क्या विचार हैं, लेकिन इस बात का खयाल रखो कि मैं तुम्हारी साफ राय चाहता हूँ।"

उसने अपनी जेब से एक नोटबुक निकालकर अपने भाई को दी। लेख का शीर्षक था 'रूसी आत्मा'। लेख बेहद शिथिल और नीरस भाषा में लिखा हुआ था, जिसे बुद्धिहीन, लेकिन छिपे तौर पर निष्फल आदमी लिखते हैं। इस लेख का मुख्य विचार था कि प्रतिभावानों को ईश्वर में अविश्वास करने का अधिकार है, लेकिन उन्हें अपने इस अविश्वास को छिपा रखना चाहिए, जिससे दूसरे प्रथभ्रष्ट न हों और उनका विश्वास न डिगे। विश्वास के बिना आदर्श नहीं बन सकते और आदर्शवाद यूरोप की रक्षा करने के साथ ही मानवता को सही रास्ते पर ले जा सकेगा।

"लेकिन तुमने यह नहीं बताया कि किस चीज से यूरोप की रक्षा होनी है।" लेपतेव ने कहा।

"यह तो स्पष्ट ही है।"

"इस तरह की कोई बात नहीं है," लेपतेव ने कहा और उठकर टहलने लगा, "तुमने यह लेख क्यों लिखा, यह भी स्पष्ट नहीं है। कुछ

भी हो, यह तुम्हारा अपना मामला है।"

"मैं इसे एक पैंफलेट के रूप में प्रकाशित कराना चाहता हूँ।"

"यह तुम्हारा अपना मामला है।"

कुछ क्षण तक दोनों मौन रहे।

"मुझे सचमुच बहुत खेद है कि हम-तुम किसी एक विचार में हिस्सा नहीं बँटाते। उफ़ अलेक्सी ! मेरे प्यारे भाई ! हम-तुम रूसी हैं—ईश्वर से डरकर रहनेवाले विशाल-हृदय मानव ! इन सड़े हुए जर्मन और यहूदी विचारों का हमारे लिए क्या अर्थ है ? हम-तुम किसी विचार के गुलाम नहीं। हम एक प्रतिष्ठित व्यापारी परिवार के सदस्य हैं।"

"प्रतिष्ठित परिवार ?" लेपतेव ने अपने गुस्से को दबाते हुए पूछा, "क्या कहना है प्रतिष्ठित परिवार का ! हमारे पितामह को जमींदारों ने अपनी जमीन में से निकाल फेंका था और हर सड़ा हुआ मामूली अधिकारी उनके मुँह पर थूक देता था। पितामह ने उसी तरह पिता को निकाल बाहर किया और पिता ने हमको और तुमको। हम लोगों को इस प्रतिष्ठित परिवार ने क्या दिया है ? किस तरह की शान्ति, कैसा खून हमें विरासत में मिला है ? हम तीन वर्ष तक एक नीचे दरजे के पादरी की तरह मिथ्या प्रलाप करते घूमते रहे, और अब तुमने यह लेख लिखा है।...यह गुलामों की तरह की मिथ्या बकवास ? और देखो, मेरे साथ क्या हुआ ? मेरे अन्दर कोई मुलायमियत, कोई शक्ति, कोई चरित्र और कोई साहस नहीं है। मैं कोई कदम उठाते हुए डरता हूँ कि कोई मुझे पीट न दे। मैं ऐसे मामूली तुच्छ और बुद्धिहीन लोगों के आगे भी काँप जाता हूँ, जो मानसिक और नैतिक दोनों दृष्टियों से मेरे सामने कुछ नहीं हैं। मैं सड़क पर झाड़ू लगानेवालों, कुलियों, पुलिस के सिपाहियों—सबसे डरता हूँ, क्योंकि मेरा जन्म एक भयाक्रान्त स्त्री की कोख से हुआ है। जन्म से ही हमारे साथ दुर्व्यवहार हुआ और हमारे ऊपर आँखें तरेरी गयीं। अच्छा होगा कि हमारे-तुम्हारे कोई बच्चा न हो। मैं यह प्रतिष्ठित व्यापारी-परिवार ईश्वर को सौंपता हूँ, जो हमारे साथ ही समाप्त होता है !"

यूलिया सरजीविना कमरे में आयी और मेज़ के पास बैठ गयी।

"ग्राप किसी बात पर बहस कर रहे थे ?" उसने पूछा, "मैं ग्राशा करती हूँ कि मेरे कारण कोई बाधा नहीं होगी।"

"बिल्कुल नहीं, मेरी नन्ही बहन," फ़्योदोर ने उत्तर दिया, "हम लोग कुछ सैद्धान्तिक बहस कर रहे थे।...ग्रब तुम परिवार की निन्दा करो !" उसने ग्रपने भाई की ग्रोर घूमकर ग्रपना कथन जारी रखा, "लेकिन उसके बाद भी इस परिवार ने लाखों का रोज़गार स्थापित कर लिया है। उसकी ग्रवश्य ही कोई कीमत है।"

"क्या उपलब्धि है, लाखों का रोज़गार ! बिना किसी प्रतिभा के कोई ग्रादमी दूकानदार बनने का मौका पाता है ग्रौर धनी हो जाता है। फिर ग्रपने माल को बिना किसी क्रम या उद्देश्य के रोज़ बेचता जाता है। बिना धन इकट्ठा करने के प्रयत्न के वह मशीन की तरह बेचता चला जाता है ग्रौर धन बिना किसी प्रयत्न के बरसता चला जाता है। इस तरह वह जीवन-भर व्यापार करता है ग्रौर ग्रौर व्यापार को सिर्फ इसलिए प्यार करता है कि उसे ग्रपने नौकरों पर रोब जमाने ग्रौर ग्राहकों को धोखा देने का मौका मिलता रहता है। वह धर्मश्रेष्ठ इसलिए बन जाता है कि वह समवेत गान गानेवालों पर प्रभाव जमा सकता है ग्रौर उन्हें ग्रपनी ग्राशा का पालन करने के लिए कह सकता है। स्कूल का ग्रभिभावक वह इसलिए बन जाता है कि उसे यह महसूस करना पसन्द है कि शिक्षक उसके नीचे काम करता है। व्यापारी व्यापार को प्यार नहीं करता, बल्कि उस शक्ति को प्यार करता है, जो व्यापार उसे दूसरों से ज़्यादा देता है ग्रौर तुम्हारा मालगोदाम तो व्यापारघर न होकर एक बन्दीघर है। तुम्हें ग्रपने तरह के व्यापार के लिए गूँगे, भयत्रस्त क्लर्कों के ग्रलावा ग्रौर क्या चाहिए ! ग्रौर इसी की शिक्षा तुम लोग उन्हें रोटी के छिलकों के लिए बचपन से लाचार करके देते हो। बचपन से उन्हें सिखाते हो कि वे तुम्हें भलाई चाहनेवाला समझें। क्या तुम एक ग्रेजुएट को ग्रपने मालगदाम में नौकरी नहीं दे सकते ?"

"ग्रेजुएट हमारे रोज़गार के लिए उपयुक्त नहीं है।"

"यह सच नहीं है," लेपतव ने ज़ोर से कहा, "यह सरासर झूठ है।"

"मुझे क्षमा करो, लेकिन मुझे लगता है तुम ग्रपने ही घोंसले के

साथ धोखा कर रहे हो," फ़्योदोर ने कहा और वह उठ खड़ा हुआ, "तुम हमारे व्यापार को पसन्द नहीं करते, लेकिन उसके लाभों पर जीवन-निर्वाह करते हो !"

"हाँ, तुमने एकदम ठीक कहा," लेपतेव ने कहा और एक सूखी हँसी हँसा। उसकी आँखें जलने लगीं, "हाँ, अगर मैं तुम्हारे प्रतिष्ठित परिवार का सदस्य न होता, अगर मेरे पास पैसे-भर भी इच्छा-शक्ति और साहस होते, तो मैं ऐसी आमदनी को दूर फेंक देता और अपनी रोज़ी कमाता। लेकिन तुमने उस मालगोदाम में बैठकर वह सबकुछ मुझसे छीन लिया है। मैं तुम्हारा भाई ही तो हूँ।"

फ़्योदोर ने अपनी घड़ी देखी और जल्दी ही चले जाने की आज्ञा माँगी। उसने यूलिया का हाथ चूमा और बाहर चला गया, लेकिन हाल में जाने की बजाय वह पहले बैठक और फिर सोने के कमरे में पहुँच गया।

उसने लाचार होकर कहा, "मैं तो रास्ता ही भूल गया ! कितना विचित्र घर है, है न ?"

अपना कोट पहनते हुए वह हतप्रभ-सा लग रहा था और उसके चेहरे पर नाराज़ी का भाव दिखायी पड़ता था। लेपतेव का गुस्सा उड़ गया था। वह फ़्योदोर के लिए दुखी था और डर गया था, लेकिन साथ ही उसके मन में इस बात की गहरी इच्छा भी पैदा हो गयी कि पिछले तीन वर्षों में दोनों भाइयों के बीच का जो स्नेह-भाव मर गया है, उसे वह किसी प्रकार फिर व्यक्त करेगा।

"फ़्योदोर, तुम कल हमारे साथ खाने पर आओ, ज़रूर !" उसने अपने भाई के कन्धे थपथपाते हुए कहा, 'तुम आओगे न ?"

"हाँ, हाँ, लेकिन कृपा करके इस समय मुझे थोड़ा पानी दो !"

लेपतव दौड़ा हुआ खाने के कमरे में गया। उसे सबसे पहला बरतन बियर का बड़ा गिलास ही मिला। उसी को पानी से भरकर वह अपने भाई के पास ले आया। फ़्योदोर गटगट पानी पी गया, लेकिन एकाएक गिलास के किनारे को उसने दाँतों से काट लिया। दाँत पीसने की भी आवाज़ आयी, फिर सुबकियाँ सुनायी पड़ीं और पानी उसके ओवरकोट पर गिरकर नीचे बह गया। लेपतेव, जिसने इसके पहले किसी आदमी

को रोते नहीं देखा था, डर के मारे,परेशान खड़ा रह गया। यूलिया और नौकरानी ने मिलकर फ़्योदोर का कोट उतारा, उसे बैठक में ले गयीं और वह अपराधी की तरह चला गया।

यूलिया ने फ़्योदोर को गद्दे पर लिटा दिया और उसके घुटने के पास बगल में बैठ गयी।

"कुछ नहीं," उसने धीरे से कहा, "यह एक दौरा है···"

"मैं इतना दुखी हूँ," फ़्योदोर ने कहा, "मैं इतना दुखी हूँ···लेकिन मैं हमेशा इसे छिपाता रहा।"

उसने अपना हाथ यूलिया के गले में डालकर उसके कान में फुस-फुसाते हुए कहा, "मैं अपनी बहन नीना को रोज़ रात में सपने में देखता हूँ, वह आकर रोज़ मेरी बगल में आरामकुरसी पर बैठ जाती है।"

एक घण्टे के बाद उसने बड़े कमरे के रास्ते में फिर अपना कोट पहना। अब वह मुस्करा रहा था। उसे नौकरानी को देखकर शरम भी आ रही थी। लेपतेव उसे घर तक पहुँचाने गया।

"तुम कल खाने पर ज़रूर आना!" लेपतेव ने फ़्योदोर के घर के रास्ते पर उससे कहा, "इस बार ईस्टर पर हम साथ ही विदेश चलेंगे। तुम्हें थोड़ी हवाबदली की ज़रूरत है। तुम्हारा स्वास्थ्य बहुत गिर गया है।"

"हाँ, मैं ज़रूर चलूंगा, ज़रूर···"

घर आने पर लेपतेव ने अपनी बीवी यूलिया को एक घबराहट की हालत में पाया। फ़्योदोर के दौरे ने उसे बुरी तरह त्रस्त कर दिया था। वह रो नहीं रही थी, लेकिन बेहद फीकी पड़ गयी थी और बिस्तर में कम्बल को, तकिये को और अपने पति की ठण्डी उँगलियों को भींचकर तड़फ रही थी।

"मुझे मत छोड़ो···मत छोड़ो!" वह याचना कर रही थी।

"बताओ, अलेक्सी, कि मैंने प्रार्थना करना क्यों छोड़ दिया? मेरे विश्वास को क्या हो गया? उफ़, तुमने धर्म के बारे में इतनी बातें मेरे सामने क्यों कीं?···तुमने मुझे अव्यवस्थित कर दिय···तुमने और तुम्हारे दोस्तों ने। मैं अब प्रार्थना भी नहीं करती।"

उसने उसके सिर पर ठण्डी पट्टी रखी। उसके हाथों को सहलाया, उसे पीने के लिए चाय दी और वह डर के मारे उससे चिपकी रही।

सुबह के लगभग एकदम थककर वह सो सकी और लेपतेव उसकी बगल में बैठा रहा। उस रात वह लेटा तक नहीं। दूसरे दिन वह मानसिक और शारीरिक रूप से बेहद थका रहा और घर में इधर-उधर बिना किसी उद्देश्य के टहलता रहा, उसके विचार जड़ बने रहे।

पन्द्रह

डाक्टरों ने बताया कि फ़्योदोर ने दिमागी सन्तुलन खो दिया है। लेपतेव को पता नहीं कि पितनित्स्किया में क्या हो रहा है और धुन्ध से भरा हुआ मालगोदाम बूढ़े और फ़्योदोर के बिना उसके लिए कब्रगाह की तरह हो गया था। जब-जब उसकी बीवी ने कहा कि उसे मालगोदाम और पितनित्स्किया के घर रोज़ जाना चाहिए, तो या तो उसने इस बात का उत्तर नहीं दिया, या नाराज होकर अपने बचपन की बात शुरू कर दी कि वह बीते हुए दिनों के लिए अपने पिता को कभी क्षमा नहीं कर सकता और पितनित्स्किया और मालगोदाम उसके लिए घृणास्पद हैं।

एक रविवार की सुबह यूलिया खुद पितनित्स्किया गयी। बूढ़ा फ़्योदोर स्तेपानिच बैठक में था। उसने अपना वही पुराना जाकिट पहन रख था, जिस पर टाई नहीं बँधी थी। वह अपनी आरामकुरसी में एकदम स्थिर बैठा अपनी दृष्टिहीन आँखों को झपका रहा था।

"मैं हूँ, आपकी पुत्र-बधु !" उसने उसके पास जाकर कहा, "मैं आपसे मिलने आयी हूँ ।"

वह ज़ोर-ज़ोर से साँस लेने लगा । प्यार से विगलित होकर यूलिया ने उसके हाथ को चूम लिया और बूढे ने यूलिया के चेहरे और सिर को हाथों से छुआ जैसे यह निश्चय करने के लिए कि यह वही है, और उसके ऊपर क्रास का संकेत बनाया ।

"धन्यवाद ! धन्यवाद !" उसने कहा, "तुम तो जानती हो कि मेरी आँखों की रोशनी जाती रही…मैं अब देख भी नहीं सकता । खिड़की और आग को धुँधला-धुँधला मैं देख सकता हूँ, लेकिन आदमी या किसी अन्य चीज़ को मैं नहीं देख सकता । मैं अन्धा हो रहा हूँ । फ़्योदोर बीमार है और दूसरा कोई कारबार की देखभाल करनेवाला नहीं है । अगर कोई गलती होती है, तो अपराधी को दण्ड कौन देगा ? सारे कर्मचारी अपने मन के हो जायेंगे । फ़्योदोर को क्या हुआ है ? क्या उसे सरदी लग गयी है ? मैं अपने जीवन में कभी भी बीमार नहीं पड़ा, न दवा ही खायी । मेरा कभी किसी डाक्टर से वास्ता नहीं पड़ा "

हमेशा की तरह बूढ़ा डींग मारने लगा । इसी बीच नौकरों ने जल्दी से मेज़ सजायी—खाने और पीने की चीज़ें अलग-अलग लगायी गयीं ।

"मेरे साथ तुम भी कुछ खाओ न !" बूढ़े ने कहा ।

यूलिया ने उसकी बाँह पकड़कर उसे मेज़ तक पहुँचाया और उसके लिए वोदका उँड़ेली ।

"मैं कल फिर आऊँगी," उसने कहा, "आपकी नातिनों—साशा और लीदा को भी लाऊँगी । वे अपने नाना को देखना चाहेंगी ।"

"नहीं ! उन्हें मत लाना ! ने जारज सन्तानें हैं !"

"आप ऐसा क्यों कहते हैं ? उनके माँ-बाप विवाहित थे ।"

"ठीक है, लेकिन मेरी आज्ञा के बिना । मैंने उन्हें आशीर्वाद नहीं दिया था । मैं उनसे कोई मतलब नहीं रखना चाहता । ईश्वर उनका साथ दे !"

"यह कहना ठीक नहीं फ़्योदोर स्तेपानिच !" यूलिया ने आह भर-कर कहा ।

"बाइबिल का कथन है कि बच्चों को अपने माँ-बापों से डरना और उनका आदर करना चाहिए।"

"नहीं, ऐसा नहीं है। बाइबिल का कहना है कि हमें अपने दुश्मनों को भी माफ कर देना चाहिए।"

"हमारे-जैसे व्यापार में क्षमादान की कोई गुंजाइश नहीं है। अगर तुम सबको क्षमा करने लगोगी, तो तीन वर्ष में दिवाला पिट जायेगा।"

"लेकिन जिसने आपका नुकसान किया है, उसे क्षमा के लिए कृपापूर्ण अच्छी बात कहना व्यापार या धन से ज़्यादा महत्त्वपूर्ण है।"

यूलिया बूढ़े के हृदय को कुछ मुलायम बनाना चाहती थी, उसके हृदय में दया और पश्चात्ताप जगाना चाहती थी, लेकिन वह उसकी बात को उसी तरह सुन रहा था, जैसे बड़े लोग बच्चों की तोतली बोली सुनते हैं।

"फ़्योदोर स्तेपानिच," उसने दृढ़ता से कहा, "आप वृद्ध हो चुके हैं और शीघ्र ही ईश्वर आपको अपने पास बुला लेगा। वह आपसे यह नहीं पूछेगा कि आपने अपना रोजगार कैसे चलाया या आपकी संस्था की उन्नति हुई या नहीं। वह तो जानना चाहेगा कि आप अपने साथियों के प्रति कृपालु रहे या नहीं? आप उन लोगों के प्रति सख्त तो नहीं रहे, जो आपसे कमज़ोर थे, उदाहरण के लिए आपके नौकर और बिक्रीवाले क्लर्क?"

"मैं हमेशा अपने कर्मचारियों की भलाई चाहनेवाला रहा हूँ और उन्हें हृदय से आभारी होना चाहिए कि उन्हें मेरे-जैसा मालिक मिला।" बूढ़े ने विश्वास के साथ कहा। लेकिन यूलिया के सच्चे स्वर ने उसे प्रभावित कर लिया था और उसे प्रसन्न करने के लिए उसने इतना जोड़ा, "ठीक है, तुम छोटी बच्चियों को कल साथ लाना! मैं उन्हें कुछ तोहफे देने के लिए कह दूँगा।"

बूढ़ा भद्दे ढंग से कपड़े पहने हुए था और सिगार की राख उसके सीने और घुटने पर पड़ी हुई थी। साफ था कि कोई उसके जूते साफ करने या कपड़ों पर ब्रुश करने की चिन्ता नहीं करता था। मटर में चावल ठीक से पका नहीं था। मेज़पोश सूप की तरह महक रहा था

ग्रौर नौकर इधर-उधर घूम रहे थे। बूढ़े ग्रौर पितनित्स्किया के घर को देखने से उपेक्षा का ग्राभास होता था ग्रौर यूलिया को यह सब ग्रपने पति के लिए शर्मिन्दगी की बात लग रही थी।

"मैं कल ज़रूर ग्राऊँगी।" उसने कहा।

वह कमरों में होती हुई ग्राज्ञा देती गयी कि बूढ़े का बिस्तर ठीक कर दिया जाये ग्रौर मूर्तिवाली बत्ती जला दी जाये। फ़्योदोर ग्रपने कमरे में बैठा, खाली दृष्टि से एक किताब को घूर रहा था। यूलिया ने उससे बात की ग्रौर नौकरों को ग्रादेश दिया कि उसके कमरे को साफ कर दें। फिर वह क्लर्कों के निवास-स्थान में गयी। यह एक नीची छत-वाला कमरा था, जिसके बीच में छत को सँभालने के लिए एक लकड़ी का बिना रँगा पाया लगा हुग्रा था। इतवार होने के कारण सारे क्लर्क ग्रपने बिस्तरों पर बैठे दोपहर के खाने का इन्तज़ार कर रहे थे। यूलिया के ग्रन्दर घुसते ही वे सब उछलकर खड़े हो गये ग्रौर दबे-दबे-से कैदियों की तरह उसके प्रश्नों का उत्तर देने लगे।

"हे ईश्वर, कितनी रद्दी जगह है यह!" उसने ग्रपना हाथ ऊपर करते हुए कहा, "तुम लोगों को यहाँ भीड़-भाड़ नहीं लगती?"

"हमारे पास शिकायतें नहीं हैं, बीबीजी," मेकेविच ने कहा, "हम लोग ग्रापके बहुत शुक्रगुजार हैं ग्रौर ईश्वर से प्रार्थना करते हैं कि वह ग्रापको सुख-समृद्धि प्रदान करें!"

"दीर्घजीवन प्रदान करे ग्रौर व्यक्तिगत इच्छाग्रों की पूर्ति करे!" पोचातकिन ने सार निकाला।

"हम साधारण लोग हैं ग्रौर ग्रपने स्तर के ग्रनुकूल रहते हैं।" मेकी-चेव ने बात को स्पष्ट करने के लिए जल्दी से कहा।

यूलिया ने सामान, कमरे ग्रौर रसोई को देखा। मकान की देख-रेख करनेवालों से बातें कीं ग्रौर चली गयी।

'जितनी जल्दी हो सके, हमें पितनित्स्किया चलकर रहना चाहिए," यूलिया ने घर लौटकर ग्रपने पति से कहा, "ग्रौर तुम्हें रोज मालगोदाम

जरूर जाना चाहिए।"

वे पढ़ने के कमरे में बड़ी देर तक अगल-बगल बैठे रहे। लेपतेव का मन भारी था। वह न तो पितनित्स्किया जाना चाहता था, न मालगोदाम लेकिन उसने अन्दाज़ लगा लिया कि उसकी बीवी के मन में क्या है और उसमें इतनी शक्ति नहीं थी कि वह उसका विरोध करे।

"मुझे लगता है, हमारी ज़िन्दगी समाप्त हो चुकी है। एक रद्दी तरह का अर्ध-अस्तित्व शुरू हो रहा है," उसने यूलिया के गालों को थपथपाते हुए कहा, "जब मैंने सुना कि फ़्योदोर बुरी तरह बीमार है, तो मैं रोने लगा। हमने अपना बचपन और जवानी साथ-साथ बितायी। कभी मैं उसे दिल से प्यार करता था और अब यह भयंकर अन्त! मैं सोचता हूँ, मैं अपने अतीत से किसी अच्छाई के लिए ही अलग रहा हूँ और अब जब तुम कहती हो कि हमें पितनित्स्किया के उस जेलखाने में चलकर रहना चाहिए, तो मुझे लगता है, जैसे मेरा भविष्य भी समाप्त हो गया है।"

वह उठा और खिड़की के पास चला गया।

"ठीक है, व्यक्ति को खुशी के सारे विचारों को हमेशा के लिए त्याग देना चाहिए," उसने सड़क की तरफ घूरते हुए कहा, "सुख नाम की कोई चीज़ नहीं है। मैंने तो कभी जाना ही नहीं और मुझे सन्देह है कि उसका अस्तित्व भी कहीं है। मैं सिर्फ एक बार ही जीवन में प्रसन्न था ...उस रात जब तुम्हारे छाते के नीचे बैठा था। तुम्हें याद है वह छाता जो तुम मेरी बहन नीना के यहाँ भूल आयी थीं?" उसने अपनी पत्नी की तरफ घूमकर पूछा, "तब मैं तुम्हारे प्यार में डूबा था। मुझे याद है कि मैं सारी रात उस छाते के नीचे स्वर्गीय सुख प्राप्त करता बैठा रह गया था।"

पढ़ने के कमरे में किताबदान की बगल में एक दराज़ थी। उसमें लेपतेव ने बेकार छँटे हुए सामान रख छोड़े थे। उसी में वह छाता भी पड़ा हुआ था। उसने वह निकाला और अपनी पत्नी को दे दिया।

"यह है वह!" उसने कहा।

यूलिया ने छाते को एक मिनट तक देखा, पहचाना और उदासी के

साथ मुस्करायी।

"हाँ, मुझे याद आया," उसने कहा, "तुमने शादी का प्रस्ताव करते समय इसे हाथ में ले रखा था!" वह कमरे से बाहर जाने ही वाला था कि यूलिया ने कहा, "थोड़ा जल्दी ही लौट आना, मुझे तुम्हारे बिना अकेलापन महसूस होता है।"

वह कमरे में चली गयी और बड़ी देर तक छाते को ध्यान से देखती रही।

सोलह

यद्यपि उनका व्यवसाय बड़ा और उलझा हुआ था, फिर भी लेपतेव-परिवार ने कोई मुनीम नहीं रखा था और क्लर्कों का किया हिसाब जरा भी समझ में आनेवाला नहीं था। जर्मनी और इंग्लैण्ड के व्यापारी एजेंट रोज ही क्लर्कों से राजनीति और धर्म पर बहस करने माल-गोदाम आते थे। दूसरा नित्य आनेवाला आगन्तुक एक शराबी था—बीमार और दयनीय प्राणी! वह संस्था के विदेशी पत्रों का अनुवाद किया करता था। क्लर्क उसे मूर्ख कहते थे और उसकी चाय में नमक डाल दिया करते थे। लेपतेव को सारी व्यवस्था बेवकूफी से भरी लगती थी।

अब वह नित्य मालगोदाम जाता था और हर चीज को बदलने की पूरी कोशिश कर रहा था। उसने नये नौकरों को पीटने और खरीदारों को थपथपाने की मनाही कर दी थी। अगर वह किसी क्लर्क को पुरानी

ग्रौर न बिकनेवाली वस्तुग्रों को किसी प्रान्तीय खरीदार को यह कहकर बेचते देखता कि यह बाज़ार में एकदम नयी चीज़ है, तो गुस्से में भर जाता। लेकिन इस समय मालगोदाम का पूरा मालिक होने पर भी वह ग्रपने धन का ठीक विस्तार, या यह कि उसका व्यवसाय बढ़ रहा है या बड़े बाबू लोग कितना कमा लेते हैं, नहीं जान पाया था। पोचातकिन ग्रौर मेकीचेव उसे कमउम्र ग्रौर ग्रनुभवहीन समझकर संस्था के रहस्य बताना उचित नहीं समझते थे ग्रौर हर शाम को देर-देर तक फुसाफुसाकर बूढ़े के साथ देर-देर तक बात किया करते थे।

जून के शुरू ही में एक दिन लेपतेव ग्रौर पोचातकिन बुवनोव में खाना खाने ग्रौर व्यापार के बारे में बात करने के लिए गये। पोचातकिन ग्राठ बरस की उम्र से लेपतेव-परिवार के साथ था। निर्विवाद रूप से वह परिवार का एक सदस्य माना जाता था ग्रौर मालगोदाम से उठने पर वह दिन-भर की रसीदें रुपये रखने की दराज़ से लेकर ग्रपनी जेबों भर लेता था। वह मालगोदाम ग्रौर घर का ही मालिक नहीं था, बल्कि चर्च में भी बूढ़े की जगह घर के सबसे बड़े का स्थान ग्रहण करता था।

मदिरालय में घुसते ही उसने वेटर को ग्रावाज़ दी, "हमारे लिए ग्राधा खज़ाना ग्रौर चौबीस खुराफ़ातें लाग्रो!"

थोड़ी देर बाद वेटर उनके लिए ग्राधी बोतल वोदका ग्रौर बहुत-सी प्लेटों में चुने हुए ठण्डे खाद्य पदार्थ लाया।

"हाँ, तो मेरे मालिक!" पोचातकिन ने कहा, "ग्रब थोड़ा निन्दापूर्ण विवरण ग्रौर झूठा प्रचार ग्रालू के भरते के साथ लिया जाये!"

वेटर परेशान दिखायी पड़ा ग्रौर कुछ कहने ही वाला था कि पोचातकिन ने उसकी ग्रोर देखा ग्रौर कहा, "इसके ग्रलावा?"

वेटर क्षण-भर मुश्किल से सोचता रहा, फिर ग्रपने साथियों के साथ मालिक के पास गया ग्रौर ग्रन्ततः इस पहेली को हल करके सिंकी हुई जीभ का एक हिस्सा लाया।

"सुनिए!" लेपतेव ने तब कहा, "क्या यह सही है कि पिछले वर्षों से

हमारा व्यापार गिर रहा है ?"

"किसी तरह भी नहीं ।"

"कृपया मुझे ईमानदारी के साथ साफ-साफ बताइए कि कितना रुपया हमारे पास आता है और इस समय कितनी पूंजी हमारे पास है ? हम लोग अँधेरे में टटोलते हुए नहीं बढ़ सकते । मैंने थोड़े ही दिन हुए मालगोदाम का हिसाब देखा है, लेकिन मुझे अफसोस है कि मैं उस पर विश्वास नहीं कर सकता । किन्हीं कारणों से आप मुझे अँधेरे में रखना ज़रूरी समझते हैं और सच्ची बात सिर्फ पिताजी को बताते हैं । आपकी बचपन से ही यह नीति रही है और आप बिना इसके साथ चल भी नहीं सकते थे, लेकिन अब इसे छोड़ देने का समय आ गया है । कृपया मेरे साथ स्पष्ट रहिए ! हमारे हिसाब-किताब की क्या हालत है ?"

"यह सब साख पर आश्रित है ।" पोचातकिन एक क्षण विचार करके बोला ।

"साख पर आश्रित होने से आपका क्या मतलब है ?"

पोचातकिन ने ब्योरा देना शुरू किया, लेकिन लेपतेव उसका कोई मतलब नहीं निकाल सका । उसने मेकीचेव को बुलवा भेजा । वह तुरन्त आ गया । कुछ खा-पीकर गरजती हुई आवाज़ में बोला कि क्लर्कों को रात-दिन ईश्वर से प्रार्थना करनी चाहिए कि उन्हें ऐसा संरक्षक मिला है ।

"यह ठीक है, लेकिन मुझे माफ़ कीजिए, क्योंकि मैं अपने को आपका संरक्षक नहीं मानता," लेपतेव ने कहा ।

"हर आदमी को यह याद रखना चाहिए कि वह क्या है और उसकी जगह क्या है । ईश्वर की कृपा से आप हमारे पिता और संरक्षक हैं और हम आपके गुलाम !"

"मेरी बात सुनिए ! मैं इन सब बातों से थककर परेशान हो चुका हूँ," लेपतेव ने गुस्से में ज़ोर से कहा, "शायद आप ही मेरे संरक्षक होंगे । अब हमारे व्यापार की हालत की पूरी सूचना मुझे दीजिए ! अगर आपने मुझे बच्चा समझकर बात करना नहीं छोड़ा, तो मैं कल माल-गोदाम बन्द कर दूंगा । मेरे पिता अन्धे हैं, मेरा भाई पागलखाने में है और मेरी भांजियाँ नाबालिग हैं । मैं दिल से व्यापार को नापसन्द करता

हूँ। मैं खुशी से इसे छोड़ दूँगा, लेकिन जैसा तुम लोग जानते हो, मेरी जगह लेनेवाला दूसरा कोई नहीं है, इसलिए मेहरबानी करके यह नीति छोड़ दीजिए !"

वे लोग मालगोदाम जाकर हिसाब बनाने लगे। शाम को उन्होंने घर पर भी हिसाब जोड़ना जारी रखा और बूढ़े ने भी मदद की। अपने लड़के को जिस स्वर से वह व्यापार के प्रारम्भ के रहस्य समझा रहा था उससे कोई यही सोच सकता था कि यह व्यवसाय नहीं, काला जादू था, जिसमें वह अब तक लगा रहा। अन्ततः यह निकला कि सालाना आमदनी अधिक-से-अधिक एक बटे दस के करीब बढ़ी है और लेपतेव की हैसियत सिर्फ कैश और बन्धकों को मिलाकर करीब साठ लाख रूबल की है।

आधी रात के बाद ही लेपतेव बाहर की हवा में साँस लेने जा सका। वह अब भी उन्हीं अंकों के प्रभाव में था। गीली, सूनी, चाँदनी रात थी। यह मास्को के घरों की सफेद दीवारें, भारी छड़ोंवाले दरवाजे, खामोशी और काली परछाइयाँ किसी किले का आभास दे रही थीं। सिर्फ सन्तरी गायब था। लेपतेव छोटी फुलवाड़ी में चला गया और झाड़ी की बगल में बेंच पर बैठ गया, जो उसके घर को पड़ोसी से अलग करती थी। सामने फूलों का पेड़ ज़ोरों से फूल रहा था। लेपतेव को अपने बचपन से इस पेड़ की याद है। यह ठीक वैसा ही है, जैसा तब था। थोड़ा-सा छितनार हो गया है, लेकिन एक इंच भी नहीं बढ़ा है। बाग का हर कोना और मैदान बीते हुए दिनों की काली यादें वापस लाता रहा। उसे याद आया कि आज की तरह वह स्यार्स के पेड़ों के बीच से ही चाँदनी को देख सकता था। उस समय भी छायाएँ काली और रहस्यमय हुआ करती थीं, और एक काला कुत्ता मैदान के बीच में रेंग आता था और क्लर्कों के घरों की खिड़कियाँ मुँह बाकर जम्हाइयाँ लेती थीं। इनमें से कोई भी सुखकर याद नहीं थी।

दूसरे दरवाज़े पर उसने कदमों की हल्की आहट सुनी।

"मेरी प्यारी, मेरी जान !" एक पुरुष की आवाज़ झाड़ी के ठीक दूसरी ओर उसके इतनी पास आ गयी कि उनकी साँस भी उसे सुनायी पड़ने लगी, फिर उन्होंने एक-दूसरे को चूम लिया।

लेपतेव को यह निश्चय हो गया था कि धन और व्यापार को इतनी घृणा करना उसके जीवन को ही नष्ट करके, उसे पूरा गुलाम बना दे सकता है। धीरे-धीरे वह अपनी स्थिति का आदी होने लगा था और धीरे-धीरे एक व्यावसायिक संस्था के प्रधान का पद स्वीकार करता जा रहा था। वृद्ध और समझदार होने के साथ ही उसने अपने पिता को बेकार आदमी की तरह, गन्दे और महत्त्वहीन ढंग से अपनी अगल-बगल के लिए भार-स्वरूप बनकर मरते हुए देखा है, लेकिन वह क्या था, जिसने उसे व्यवसाय को छोड़ देने और इस बाग़ और मैदान से दूर चले जाने से रोका, जो बचपन से किसी शव की तरह उसके गले से बँधा हुआ है।

झाड़ी के परे की फुसफुसाहट और चुम्बनों के कारण उसमें हल्की गरमी आ गयी। वह मैदान के बीच में चला गया। अपनी कमीज़ के गले की बटनें खोल डालीं और चाँद को एकटक देखने लगा। दूसरे ही क्षण वह दरवाज़े को खोलने का आदेश देकर इस आँगन से हमेशा के लिए चला जा सकता है। मुक्त होने के इस विचार के कारण उसका हृदय तेज़ी से धड़कने लगा। जीवन की महानता, सरसता और शायद साधुता की कल्पना करके वह ज़ोर से हँसने लगा।

लेकिन वह जहाँ खड़ा था, वहाँ से हटा नहीं। "मुझे यहाँ कौन-सी चीज़ रोके हुए है?" उसने अपने ही से पूछा और उसे अपने से घृणा हुई, और उस काले कुत्ते से भी जो मैदान और जंगलों में इधर-उधर दौड़कर मुक्त और प्रसन्न होने की बजाय, पत्थर के पटिये पर लेटा हुआ था। स्पष्टतः वह और कुत्ता दोनों यह स्थान छोड़ने में एक ही कारण से असमर्थ थे—बन्धन और गुलामी इनकी आदत बन चुकी थी।

दूसरे दिन दोपहर को वह यार्त्सेव को साथ के लिए लेकर बाहर बुतोवो गया, जहाँ वे गरमियाँ बिता रहे थे। वह पाँच दिन से अपनी बीवी से नहीं मिला था। स्टेशन पर उसने गाड़ी ली और यार्त्सेव रास्ते-भर सुन्दर मौसम की बड़ाई करता रहा। घर एक बड़े बाग़ में बना हुआ था। दरवाज़े के पास ही, जहाँ से मुख्य रास्ता गया था, उन्हें पुरानी, फैली हुई लतर के नीचे यूलिया सरजीविना मिली। उसने एक पीला, चिकना चोगा पहन रखा था, फीते लगे थे, और अपना सुपरिचित

छाता लगाये हुए थी। यार्त्सेव ने अभिवादन का आदान-प्रदान किया और घर की ओर चला गया, जहाँ साशा और लीदा की आवाज़ सुनायी पड़ रही थी और लेपतेव अपनी बीवी से बात करने बैठ गया।

"तुम अब तक वहीं क्यों रह गये थे?" उसने उसका हाथ पकड़े हुए पूछा, "मैं रोज़ यहाँ बैठी तुम्हारा इन्तज़ार करती रही हूँ। तुम्हारे बग़ैर मैं कितनी अकेली हूँ!"

वह उठी और उसके कन्धे पर हाथ रखते हुए कहने लगी, "जानते हो, मैं तुम्हें प्यार करने लगी हूँ!" और वह शर्म के मारे लाल पड़ गयी, "तुम मुझे बहुत प्यारे हो! अब तुम आ गये हो, मैं तुम्हें देख रही हूँ और बहुत खुश हूँ! आओ, कुछ बात करें! मुझे कुछ बताओ।"

जब उसने यूलिया को अपने प्रति प्यार की घोषणा करते सुना, तो उसे लगा जैसे उनका विवाह आज से दस वर्ष पहले हो चुका है और उसे भूख लग आयी। यूलिया ने उसकी गरदन में हाथ डाल दिया और उसके कपड़ों की चिकनाहट उसके गालों को छूने लगी। उसने धीरे-से अपने को अलग कर लिया, उठा और घर की ओर चल पड़ा। नन्ही बच्चियाँ उससे मिलने के लिए दौड़ पड़ीं।

"ये कितनी बढ़ गयीं!" उसने सोचा, "और कितने सारे बड़े-बड़े परिवर्तन इन तीन वर्षों में हो गये। इस सबको सोचने के लिए किसी को तेरह क्या तीस वर्ष जीना पड़ेगा। और कौन कह सकता है कि तब तक और क्या हो जायेगा! ठीक है, हम सिर्फ इन्तज़ार करें और देखें!"

उसने साशा और लीदा को सीने से लगा लिया, जो उसके कन्धे से लटक रही थीं।

"नाना ने तुम्हें प्यार कहा है," उसने कहा, "फ़्योदोर मामा मरने के करीब हैं। कोस्त्या चाचा का अमरीका से पत्र आया है। उसने तुम लोगों के लिए शुभकामनाएँ भेजी हैं। उसने लिखा है कि वह प्रदर्शनियों से थक गये हैं और जल्दी ही घर आनेवाले हैं। और अब अलेक्सी मामा को भूख लगी है।"

इसके बाद वह छत पर बैठा अपनी बीवी को धीरे-धीरे घर की ओर आते हुए, रास्ते पर देखता रहा। वह विचारों में डूबी दिखायी पड़ती

थी । उसका चेहरा उदासी में सुहावना लग रहा था और उसकी आँखों में आँसू छलछलाये हुए थे । अब वह छरहरी, कोमल, ढीले चेहरेवाली लड़की न रहकर विकसित, स्वस्थ, सुन्दर औरत बन गयी थी और लेपतेव ने अपनी बीवी से मिलने के समय उसकी नयी सुन्दरता की प्रतिछाया को यार्त्सेव के उल्लसित और लालसापूर्ण चेहरे पर स्पष्ट देखा था, जैसे यार्त्सेव ने उसे जीवन में पहली बार देखा हो । जब छज्जे पर वे खाना खा रहे थे, तो एक प्रसन्नतापूर्ण किन्तु सलज्ज मुस्कान यार्त्सेव के होंठों पर उस समय खेल रही थी, जब खाना खाते समय वह एकटक यूलिया को और उसके गले की सुन्दर रेखाओं को निहार रहा था । लेपतेब यह सोचते हुए उस पर ध्यान रखने से अपने को रोक नहीं सका कि अब भी वे तेरह या तीस वर्ष आगे पड़े हुए हैं ! इतने समय में जाने क्या-क्या हो सकता है । कौन जानता है कि भविष्य के गर्भ में क्या है ?

"हम इन्तज़ार करेंगे और देखेंगे !" उसने सोचा ।

●●●